KB053108

걱정마

어차피 잘될 거니까

어차피 다 잘될

______________ 에게

______________ 가

Contents

PART 4 잘 풀리는 인생은 따로 있다

들어가며

"괜찮아." 난 하나도 안 괜찮은데?

"잘하고 있어." 네가 나에 대해 뭘 알아?

"노력해 봐." 지금까지 안 했을까 봐?

어떨 땐 위로도 피곤해요. 팍팍해서 불안한 건지, 불안해서 팍팍한 건지. 꿈을 이루긴커녕 보통의 삶마저 위태로운 요즘입니다. 최소한의 예의도 지키지 않는 사람은 왜 그리 많나요? "내가 너무 예민한 건가?" 자신감은 바닥을 치고, 이룬 건 없고, 앞날은 캄캄하기만 합니다.

저도 서른 넘도록 그랬어요. 변변한 직업 없이 작가 지망생으로 살았거든요. 실패를 밥 먹듯이 했죠. 10년 동안 글로 번 돈은 고작 700만 원! 연애도, 관계도, 삶도 망한 것 같을 때 누군가 그러더군요.

"그 나이까지 안 되면 진짜 안 되는 거야. 더 늙기 전에 시집이나 가."

순간 오기가 생기더라고요. 남들이 뭔데 내 인생을 막 평가하나요? 시집을 가든 말든 무슨 상관이에요? 그때부터 입에 달고 산 말이 있어요.

"걱정하지 말자. 난 어차피 잘될 거니까!"

현실적인 조언 좋죠. 냉정한 비판도 받아들일 수 있어요. 하지만 한 사람쯤은 막무가내로 응원해 줄 수 있잖아요? 그 사람이 남이 아니라, 나일 수도 있잖아요?

노력 없이 요행을 바라는 게 아니에요. 타인은 날 안 믿어도, 나는 날 믿어 주자는 거예요. 내가 어차피 잘된다는데, 걱정 없이 꾸준히 하겠다는데, 남들이 어쩌겠어요.

운동화 밑창이 떨어졌다고요? 그냥 벗어 버리세요. 슬리퍼 질질 끌면 어떤가요. 목적지까지 가기만 하면 되지.

새벽에 일어나 14시간씩 일할 자신 없다고요? 쉬엄쉬엄 자기만의 루틴을 찾으세요. 모두가 똑같은 방법으로 성공할 순 없으니까요.

언젠가 꿈이 현실 속으로 밀어닥치는 날이 와요. 하루에 4시간 일하고, 해외여행 다니면서 억대 연봉을 버는 삶이 있어요. 믿기지 않나요? 저도 못 믿었죠. 그런데 노트 첫 장에 몰래 적었던 꿈이 현실이 되더라고요. 뭐든 다 잘될 때가 진짜 오더라고요.

조급할 필요 없어요. 죽도록 노력하지 않아도 돼요. 쉬엄쉬엄 마음 편히 가보자고요. 연습은 필요하겠지만 분명 성공할 거예요. 당신은 어차피 잘될 사람이니까요.

PART 1

어둠 속에서 길을 잃지 않는 법

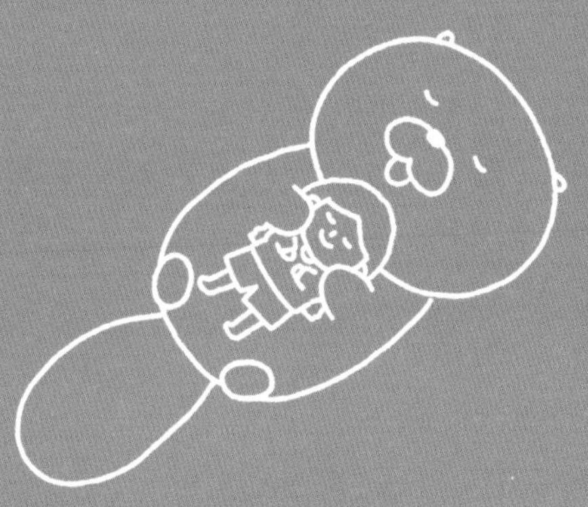

누구나 발밑에 어둠이 고여 있어요

우리가 할 수 있는 건 고개를 드는 것뿐이에요

정면을 바라보고 뚜벅뚜벅 걸어갑시다

어둠 같은 건 처음부터 없었던 사람처럼

원래 처음이
제일 어려워

"왜 이렇게 글이 안 써져? 나 원래 잘 쓰는데?"

오늘도 문서파일을 열고 머리카락을 쥐어뜯는다. 몇 글자 끄적이다가 Delete 키를 때린다. 하얗게 빈 화면만 노려보자니 편두통이 관자놀이를 툭툭 건드린다.

글 쓰는 게 좋아서 작가가 됐다. 등단도 하고, 전업 작가의 꿈도 이뤘다. 웹소설 쓰면서 종종 단편 소설을 발표했다. 하루에 1만 자, 한 달 평균 15만 자는 너끈히 써 재꼈는데. 요새 왜 이 모양일까?

"등단만 하면 뭐하니? 작품집을 내야 진짜 소설가지."

"인세 10억 찍을 때까진 웹소설만 쓴다며?"

"한눈팔지 말고 한 우물만 파!"

에세이를 준비한다고 대답했을 때 주변 반응은 떨떠름했

다. 써야 할 원고는 많고, 강의 일정도 빡빡했다. 그래도 에세이를 포기할 수 없었다. 빙판길에서 접촉 사고를 당했을 때도, 출판사에서 원고 반려 메일을 받았을 때도 소재 노트부터 열었단 말이야.

누구나 한 번쯤 시작을 망설인 경험이 있을 거다. 완벽주의 성향이라면? 타인의 시선에 유독 민감하다면? 망설임은 길어지고, 불가피한 사정들이 줄줄이 딸려 온다. 예를 들면 이런 식이다.

첫째. 생계가 우선이다.

둘째. 건강이 좋지 않다.

셋째. 준비가 부족하다.

먹고 사는 문제는 매일 반복된다. 고된 하루는 내 안의 모든 에너지를 태우고 나서야 겨우 끝난다. "급한 불부터 꺼야지. 억지로 해서 잘 된 적 있었어?" 그렇게 나는 '오늘도 시작할 수 없는 이유'와 '내일로 미뤄야만 하는 이유'를 찾아 내고 말았다.

"앞뒤 재지 말고 오늘 당장 시작하세요!"

"시작이 반이에요! 늦었다고 생각할 때가 가장 빠릅니다!"

아니. 시작은 시작일 뿐이다. 흰 종이에 점을 찍었다고, 저절로 선이 되지 않는다. 게다가 내가 원하는 건 알량한 선 따위가 아니다. 좀 더 솔직해져 볼까?

“오래 준비한 만큼 확실한 성과를 내고 싶어. 하지만 남과 비교당하는 건 싫어. 평가받는 것도 끔찍해. 시간 낭비만 하게 되면 어쩌지?”

첫술에 배부를 수 없다는 거 누군 모르나? 그래도 배부르고 싶은 게 사람 마음이다. 다른 사람들은 호락호락 잘 된다. 감히 올려다볼 수 없는 높은 곳까지 쭉쭉 올라간다. 부모를 잘 만난 건지, 하늘이 내린 재능인 건지, 인생 참 불공평하다.

나의 주 수입은 웹소설 인세다. 단편 소설 원고료나 대학에서 주는 강의료, 유튜브 광고 수익으로는 입에 풀칠하기도 어렵다.

어느 분야나 그렇듯 웹소설도 경쟁이 치열하다. 실시간 랭킹만 슬쩍 봐도 대박인지 쪽박인지 보인다. 일 년간 피똥 싸며 쓴 장편 소설이 100위권 밖으로 사라졌을 때. 현실을 도무지 받아들일 수 없었다. 아니, 믿고 싶지 않았다.

담당 에디터에게 전화했다. 네이버 시리즈 시스템에 오류가 난 것 아니냐며 주책을 떨었다. 시스템은 멀쩡했다. 내 작품이 독자의 선택을 받지 못한 것뿐이었다. 그때의 비릿한 현기증을 어떻게 잊을까.

기대가 크면 실망도 크다. 감정을 추스르는 것도, 다시 도전하는 것도 처음보다 어렵다. 그러니 망설여진다.

준비 중인 상태가 꽤 안락하기도 하다. 적어도 '성공할 가능성'은 남아 있으니까. 하지만 모두가 알고 있다. 시작하지 않으면 아무것도 바뀌지 않는다.

누구도 결과를 통제할 수 없다. 결과는 미래의 나에게 맡겨야 한다. 흥하든 망하든 걔한테 알아서 하라고 하자. 두려움과 불안에 주도권을 빼앗기면 잘될 일도 꼬인다. 오늘의 우리는 무궁무진한 가능성을 긍정하며 '첫술 뜨는 것'에 집중하면 된다.

그래서 에세이 첫 장은 어떻게 시작했냐고?

초대박 감동 에세이를 써서 베스트셀러 작가가 되겠다는 욕심을 내려놨다. 약간은 남았지만 대부분 집어치웠다. 똥이든 된장이든 쓰고 난 뒤, 나머지는 미래의 나에게 맡기기로 했다.

그래서 이 글은 뭐란 말인가? 그건 내가 아니라, 당신이 결정할 문제다.

태양 아래 서면 그림자가 생겨요.

학생이든, 취준생이든, 재벌이든

누구나 발밑에 어둠이 고여 있어요.

우리가 할 수 있는 건 고개를 드는 것뿐이에요.

정면을 바라보고 뚜벅뚜벅 걸어갑시다.

어둠 같은 건 처음부터 없었던 사람처럼.

그냥
다 잘된다

몇 년 전 크리스마스. 종로 빕스에서 스테이크를 썰다가 참았던 눈물을 왈칵 터뜨렸다.

"왜 나만 등단을 못 하지? 언제까지 도전만 해야 해?"

반도가 말없이 내 손을 잡았다. 신춘문예 응모 마감은 보통 11월 초부터 말까지 이어진다. 당선자 발표는 12월 초에 돌기 시작한다. 늦어도 크리스마스를 넘기지 않는 게 보편적이다. 1월 1일 자 신문에 실을 당선자 사진과 당선 소감이 필요하기 때문이다.

소설가 지망생들은 치열한 11월을 보내고, 12월 내내 피가 마른다. 신문사의 전화가 언제 걸려 올지 모르므로 휴대폰을 몸에서 떼지 못한다. 인터넷 가입 전화나 대출 안내 전화에도 심박수가 솟구친다. 스팸 알림이 뜨면 솟구쳤던 심장이 나락으로 처박힌다.

“○○일보랑 □□신문 당선자 발표 돌았대. 지인 동기가 연락받음.”

“단편 소설 부문은 아직일걸? ◇◇일보는 동화랑 비평 본심만 끝났다던데?”

희미한 불씨도 크리스마스가 되면 완전히 사그라진다. 올해도 끝났다. 나는 이번에도 소설가가 되지 못했다.

함께 글을 쓰던 문우들은 다 등단했다. 신춘문예로, 문예지로, 장편 문학상으로. 온갖 시상식에 참석했고, 근사한 식당에서 당선 턱도 얻어먹었다. 내 일처럼 기뻤다. 진심으로 축하했다. 부럽지만 우울하진 않았다. 나도 곧 될 거라고 믿었으니까.

“신문사 전화 받고 인터뷰하는 상상을 수천 번 했는데. 당선 소감은 10개도 넘게 써 놨다고!”

냅킨에 코를 풀었다. 훈제 연어를 내 앞쪽으로 밀어 주며 반도가 말했다.

“새해에는 그 책 좀 그만 봐.”

나는 ‘더 시크릿’이란 책을 끼고 살았다. 생각한 대로 이루어진다니, 얼마나 놀라운가? 이 비법을 1% 성공한 사람들만 알고 있었다니 괘씸하고 억울했다. 나도 끌어당김의 법칙을 깨달았으니, 우주가 도와주는 일만 남았다!

그러나 내 처지는 조금도 달라지지 않았다. 기간제 교사로 근무하던 학교에서 잘렸고, 흔한 주택청약통장 하나 없었으며, 여름엔 운동장에 버려진 깡통처럼 달궈지는 옥탑방에서 살았다. 방충망이 없어서 창문을 열지 못하는데, 어디선가 바퀴벌레가 스며드는 신비한 방이었다.

인터넷 서핑을 하다 신축 아파트 사진을 봤다. 엘리베이터를 호출하는 월 패드. 골프백 네댓 개는 넉넉히 들어가는 펜트리. 정갈한 드레스룸과 시스템 창호까지. 형언할 수 없는 슬픔이 차올랐다. 국민 평형 84㎡의 아파트는 내가 죽었다 깨도 도달할 수 없는 최고급 펜트하우스였다.

"좋아, 인정할게. 상상만으로 이루어지는 꿈은 없어. 피땀 흘린 노력도 물거품이 되기 일쑤야. 그래도 한 번쯤 바랄 수 있잖아? 세상이 내게도 너그러워지길! 왜 나한테만 이렇게 야박한 걸까? 나도 열심히 살았는데."

식은 스테이크 조각을 씹으며 울분을 토했다. 반도가 대꾸했다.

"너한테 가장 엄격한 사람은 너 아니야? 세상에서 제일 못살게 굴더구먼."

아씨, 뼈 아파. 내 약점을 제일 잘 아는 사람? 나다. 이것도 못하냐고 후려 패는 것도 나. 한계까지 밀어붙이는 것도 나. 뭘 해도 만족 못 하는 사람도 바로 나. 나는 내게 항상 부족하고, 못마땅한 존재였다.

"민망해서 그래. 서른 넘도록 이룬 게 없잖아. 번듯한 직장이 있냐, 모아 둔 돈이 있냐? 스스로 채찍질하는 것 말곤 할 수 있는 게 없다고."

꿈꾸는 것도 지겨웠다. 정확히 말하자면 꿈만 꾸는 것에 지쳤다. 내 안의 낙관주의도 씨가 말라 버렸다. 긍정은 선택받은 사람들의 특권이라고 생각했다.

"실패는 성공의 어머니랍니다. 사업에 실패할 때마다 울 엄마가 새 가게를 차려 주셨거든요."라고 말하는 사람은 없잖아?

Q. 타고난 재능이 없다면?

A. 재능있는 사람을 증오하면서 연예인 기사에 악플을 다세요.

Q. 뭘 해도 안 될 것 같다면?

A. 이번 생은 망했어요. 다시 태어나길 기다리는 게 빨라요.

우중충한 비관론에 휩싸여 냉소하며 살 수 없었다. 지푸라기라도 잡는 심정으로 명상 앱을 깔았다. 명상은 자기계발서들이 추천하는 최고의 성공 비법 아닌가?

그러나 가만히 앉아 있는 것도, 누워 있는 것도 몸이 비비 꼬일 만큼 지겨웠다. 꼬리에 꼬리를 물고 이어지는 잡생각 때문에 속이 울렁거릴 지경이었다. 명상 앱을 삭제하고, 호흡을 고르며 내가 가장 좋아하는 문장을 되뇌기 시작했다.

다 잘된다.

그냥 다 잘된다.

난 어차피 잘되는 사람이니까.

당연히 억지다. 설득력도 전혀 없다. 하지만 세뇌면 어떻고, 최면이면 또 어때? 내 기분이 좋다는데. 한결 나아진다는데.

컴퓨터 전원이 꺼져서 공들인 작업이 날아갔을 때, 취소된 항공권을 환불받지 못했을 때, 무선 이어폰 한 짝이 또다시 사라졌을 때, 간절히 바랐던 심사에서 똑 떨어졌을 때. 이 한 문장은 더 큰 힘을 발휘했다.

가끔 행운이 따르기도 했다. 그때마다 "역시 잘될 줄 알았어. 내가 그랬지? 어차피 나 잘된다고."라고 속삭였다. 일이 잘 안 풀리더라도 "다음엔 더 잘될 거야. 진짜 큰 건 나중에 오는 거야."라며 다독일 수 있게 됐다.

삶이 호락호락하지 않다는 걸 우린 매일 새롭게 배운다. 고

난은 보편적이고 실망은 일상에 가깝다. 긍정은 흘러간 유행 취급받는다. 하지만 나는 많은 이들의 삶이 호락호락해졌음 좋겠다. 허무할 정도로 간단히 성공하고, 최대치의 행복을 마음껏 누렸으면 좋겠다. 우리도 그렇게 살아 보면 좋겠다.

2019년 크리스마스를 며칠 앞두고 당선 통보를 받았다. 세상이 내게 한 뼘쯤 허락한 것 같았다. 반도는 84㎡ 아파트 거실에서 엉엉 울었다. 그 모습을 보고 나도 조금 울었다.

태도를 바꾸는 건 생각보다 쉽다. 익숙한 것을 떠날 뿐이다. 거창하지 않아도 좋다. 나만의 문장을 붙들자. 근거 없고 허황한 한 문장이 어떤 변화를 불러오는지 지켜보자. 작은 기적이 오늘부터 시작될지도 모른다.

뭘 하든 잘 안 풀리나요?

불행이 나만 쫓아오는 것 같나요?

그럴 땐 나만의 주문을 만들어 보세요.

긍정도 연습해야 하더라고요.

하다 보면 다 잘될 거예요.

당신은 어차피 잘될 사람이니까.

평범하게 살고 싶다는 소원

남동생이 전세 사기를 당했다. 직장 생활하며 모은 돈과 전세 대출금을 포함한 1억 6천 8백만 원을 날릴 뻔했다. 임대인은 '돈이 없으니까 못 주지, 있는데 안 주겠냐?'며 배짱을 부렸다. 가진 건 빚밖에 없는 부동산 투기꾼이었다.

남동생은 주택도시 보증공사 전세 보증 보험에 가입했다. 임대인의 요구에 따라 전세금 800만 원을 올려 준 게 화근이었다. 임대인은 이중 계약서로 동생을 속이고 몰래 신고까지 해 버렸다.

"사기당하신 것 같은데 선생님 실수도 있어서 어쩔 수 없네요. 저희가 도와 드리긴 어렵습니다."

주택도시 보증공사 직원들은 동생이 내민 녹음 파일, 계약서, 각종 서류를 살펴 보더니 고개를 절레절레 저었다. 동생은 부동산 전문 변호사를 수소문했다. 피 같은 연차를 날리고, 잔인할 만큼 비싼 상담료를 지불하고, 전세금을 한 푼도 돌려받지 못할 거란 이야기를 들었다.

"임대인에게 세금 체납도 있네요. 집이 경매에 넘어가도 1순위 채권자는 선생님이 아니라, 국세청입니다."

동생은 '받아야 할 돈을 돌려받는 것'이 히말라야 14좌 등반처럼 까마득한 일로 느껴졌다고 했다. 이삿날은 다가오고 전세금 대출 기한도 끝나가는데 임대인은 연락조차 되지 않았다.

"고무망치로 한 방 치고 싶더라니까? 때리고 감옥 가지, 뭐. 라고 생각하니까 마음이 좀 편해지더라."

얼마나 힘들었으면 저런 생각까지 했을까? 짧은 글로 담아낼 수 없는 험난한 과정 끝에 동생은 800만 원을 제외한 1억 6천만 원을 되찾았다. 그마저 제때 입금되지 않아서 이삿날은 피가 쩍쩍 말라붙었다고 한다.

"진짜 수고했다. 그동안 맘고생 많았어."

"난 그냥 평범하게 살고 싶어. 근데 그게 너무 어려워. 언제쯤이나 가능할까?"

씁쓸한 동생의 목소리가 귓전을 맴돌았다. 동생이 원한 '평범'은 뭘까? 전용 면적 84㎡의 브랜드 아파트, 2,000cc급

중형 세단, 현금 자산 1억 이상?

동생은 그저 별일 없이 살고 싶었을 거다. 큰 문제나 대단한 걱정 없이. 나를 포함한 대부분의 사람이 바라듯 말이다.

평범한 사람은 어마어마한 성공을 꿈꾸지 않는다. 눈이 번쩍 뜨일 만한 행운은 선택받은 몇몇이 독차지한다는 것도 안다. 성실하게 일하고, 일한 만큼 벌고, 주말엔 맛있는 거 먹고, 부모님께 가끔 용돈 드리는 삶을 꿈꾼다. 여윳돈 생기면 적금도 붓고, 여행도 가면 좋겠는데 그게 참 어렵다.

인터넷에서 9급 공무원의 사연을 읽은 적이 있다. 그는 편의점에서 4,500원짜리 도시락을 살까, 4,000원짜리 도시락을 살까 오래 고민했다. 고민 끝에 4,000원짜리 도시락을 골랐는데 눈물이 났단다. 이게 사람이 사는 건가 싶어서.

경쟁률이 예전만 못해졌다지만 아직도 수많은 수험생이 공무원 시험에 미래를 건다. 젊음을 쏟아부은 결과가 월 150만 원 남짓이라면, 과연 그는 평범한 삶을 누릴 수 있을까? 누가 감히 그에게 결혼도 하고, 아이도 낳고, 집도 사라고 충고할 수 있을까? 한국인 평균 연봉 이상을 벌면 그땐 행복해질까? 행복은 평범의 속성일까, 아니면 비범의 영역일까?

고등학생이 대학 진학 때문에, 대학생들은 취업 때문에 전전긍긍한다. 안정적인 직장은 터무니없이 부족하다. 자영업자로 살아남기도 고되긴 마찬가지다. 물가는 하루가 멀다고 치솟는데 수입은 늘 제자리.

'그러게 일류 대학에 갔어야지.', '자기 계발도 하고 스펙도 쌓았어야지.', '남들 공부할 때 혼자 뭐했어?', '제 앞가림은 해야 진짜 성인이야.' 등등. 사회적 압박은 날로 거세진다. 이어달리기 마지막 주자처럼 이를 악물고 뛸 수밖에 없다.

원래 잘 뛰는 친구, 폐활량 좋은 친구, 처음부터 출발선이 다른 친구와 다 같이 뛰어야 한다. 어느새 친구들이 날 앞질러 간다. 그들이 단상 위에서 박수받을 때 나는 또 자빠진다. 스스로 돌부리에 걸린 적도 있고, 누군가 발을 건 적도 있다.

"나는 언제쯤 평범하게 살 수 있지? 왜 나만 괴롭히는 거야? 내가 그렇게 만만한가?"

우리 사회엔 평범한 사람들의 피를 쪽쪽 빨아먹는 거머리가 너무 많다. 보이스 피싱, 부동산 사기, 사이비 종교 등 종류도 다양하다. 그들은 파리처럼 주위를 맴돌다가 연약한 틈을 파고든다. 송곳니를 번뜩이는 맹수만 우리를 물어뜯는 것이 아니다. 힘들고 지칠 때 모기 한 마리, 입정 한 개, 모래알 하나에도 무너질 수 있다.

"당신은 책임감이 강하고 성실한 사람일 거예요. 약간 손해 보더라도 남한테 피해 주지 않으려고 애썼을 테고요. 나쁜 새

끼 몇 놈 때문에 열심히 살아 온 당신을 부정하지 마세요."

삶에 일관성을 가지고 꾸준히 살아가는 건 쉽지 않은 일이다. **중요한 것은 쉬 흔들리지 않는 것이고, 흔들리더라도 방향을 잃지 않는 것이다. 하루하루 따박따박. 자신만의 속도로 지속한다면 결승점 따위는 무의미해질 거다. 모든 길이 찬란할 테니까.**

대추가 저절로 붉어질 리는 없다.
저 안에 태풍 몇 개
천둥 몇 개, 벼락 몇 개

2009년 광화문 글판에서 장석주 시인의 시를 처음 봤다. 나도 대추고, 내 가족들도 대추고, 오늘 스쳐 간 사람들도 대추라고 생각하면 입꼬리에 미소가 번진다.

현실적인 충고나 입에 쓴 조언은 필요 없다. 좋은 글귀, 소주 한 잔, 치킨 한 마리면 충분하다. 평범하고 소박한 하루를 누리는 것. 지금 여기, 마음 나눌 누군가와 함께라면 더 좋다.

글감이 될까 싶어 인터뷰 삼아 동생에게 몇몇 질문을 던지고 치킨 기프티콘을 전송했다. 동생은 「간만에 곱씹으니 재밌다ㅋㅋ」이라고 답했다. 툭툭 털고 일어났구나. 동생은 내 생각보다 훨씬 전에 어른이 됐나 보다.

그동안 되게 힘들었죠?

앞으로는 더 잘할 수 있을 거예요.

태풍과 천둥과 벼락을 거쳐

그 자리에 있는 거니까요.

당신은 점점 단단해질 테고,

어떤 문제든 척척 헤쳐 나갈 거예요.

조금만 더 버텨 봅시다.

끝이 멀지 않았어요.

내일이 기대되는 N잡러 되는 법

'내가 잘할 수 있을까? 망하는 거 아냐?'

강의실에 들어가기 전부터 심장이 쿵쿵 뛰었다. 특강은 몇 번 해 봤지만 한 학기 강의를 맡긴 처음이었다. 웹소설 창작 전공 2학년 학생들을 위한 실기 수업이라니. 대학은 뭘 믿고 날 뽑은 걸까? 나는 무슨 자신감으로 나댄 거지?

개강 첫날엔 말하는 것도, 서 있는 것도, 집으로 돌아오는 것도 넋이 쏙 빠질 만큼 힘들었다. 다음날도, 그다음 날에도 온종일 누워 있었다. 밀린 집안일을 하고 책도 읽어야 하는데 엄두조차 나지 않았다.

"너무 욕심을 부렸나 봐. 방구석에서 글이나 쓸걸……."

소파에 널브러져 푸념했다. 내 반응을 예상했다는 듯 반도가 말했다.

"다음 주엔 덜 힘들 거야. 그다음 주엔 훨씬 수월할 테고. 4주 차쯤 되면 근육이 붙을걸?"

반도의 말대로 강단에 조금씩 익숙해졌다. 힘들지만 재미도 있고, 보람도 있었다. 더 잘하고 싶었다. 그래서 글을 써야 하는 시간을 야금야금 빼먹었다.

계약금을 받은 장편 소설과 소설집, 올해 출간하기로 한 에세이가 눈을 시퍼렇게 뜨고 날 기다리는 중이었다. 220편짜리 웹소설 연재도 숨통을 조여왔다. 하지만 나는 다음 주 강의 자료에서 손을 떼지 못했다.

"강의는 왜 하는 거예요?" 누군가 묻는다면, "안 해 본 거니까 궁금하잖아요."라고 답하겠다. 그렇게 나는 웹소설 작가, 소설가, 유튜브 크리에이터, 에세이스트, 대학교 선생이 되었다.

나도 한 우물만 파고 싶었다. 그런데 예상치 못한 일들이 늘 터졌다. 대체로 돈이 문제였다.

N잡러의 서막 : 인생이 꼬인다

웹소설로 데뷔하고 1년쯤 지났을 때 예술가 지원 사업을 같이 해 보자는 제안을 받았다.

"최소 인원이 부족해서 구성원을 모으고 있어요. 선정되면 6개월간 150만 원씩 받을 수 있어요."

그런 거금을 줘? 앞뒤 재지 않고 그 자리에서 승낙했다. 팀장은 경쟁 PT를 통해 사업을 따냈다. 오리엔테이션 직전에 한 명이 그만뒀지만, 최소 인원 3명은 채운 상태였다.

"한 명이라도 부족하면 저희 사업은 날아가는 거예요. 절대 그만두지 않기로 약속해요."

팀장의 선포에 까르르 웃음을 터뜨렸다. 회의를 진행하고, 보고서도 올렸다. 그런데 다른 조원이 미안하다는 말만 남기고 잠수를 타 버렸다.

'인제 와서 그만둔다고? 14시간이나 채웠는데? 나랑 팀장은 어떻게 되는 건데?' 황망함을 감당하지 못하고 담당 공무원에게 호소했다. 차갑다 못해 비꼬는 말투가 아직도 잊히지 않는다.

"어떻게 했길래 두 명이나 그만둔 건가요? 선생님이라면 최소한의 인간관계도 안 되는 팀에게 사업을 맡기겠어요?"

그래. 자격 미달이니까 어쩔 수 없지. 하지만 난 아무 짓도 안 했다고! 시간을 낭비했고, 기대가 무너졌으며, 모멸감까지 듬뿍 얻었다. 방구석에 틀어박혀 아무것도 하기 싫었다. 굿이라도 해야 하나? 용한 점집을 알아보다가 집어치웠다. 상담비가 아주 아주 비쌌거든.

N잡리즘의 준동 : 그래, 딴짓이라도 하자

계획이 어그러진 후 한동안 방황했다. 문득 억울했다.

"두고 봐라, 내가 얼마나 잘되는지! 이참에 유튜버로 데뷔하겠어!"

촬영과 편집이 까마득해서 미뤘던 일이었다. 콘텐츠는 충분했다. 브런치에 웹소설 작법 글을 꾸준히 올린 덕분이었다. 그 내용을 영상으로 찍기만 하면 대박 터질 줄 알았다.

예상과 달리 채널 성장은 생각보다 더뎠다. 한 달 광고 수익은 고작 몇만 원. 투자 대비 성과가 형편없었다. 이왕 시작한 것 할 수 있는 데까지만 해 보자는 심정이었다. 그러던 어느 날.

"작가님. 유튜브 잘 봤습니다. 저희 출판사에서 웹소설 작법서 내 보시지 않겠어요?"

출판사로부터 제안을 받았다. 거절할 이유가 없었다. 브런치 원고를 수정하고, 부족한 부분은 새로 썼다. 첫 작법서 『웹소설 써서 먹고삽니다』가 1년 만에 5쇄를 찍고, 해외로 번역도 됐다. 알라딘 올해의 책으로 선정되었을 땐 두 눈을 의심했다.

여기저기 강연 제안이 오기 시작했다. 신문, 잡지, 라디오 인터뷰 요청도 꾸준했다. 유명 잡지에 사진이 실렸을 땐 엄마가 무척 좋아했다.

예술가 지원 사업에 탈락하지 않았다면 유튜브를 시작했을까? 작법서는 쓸 수 있었을까? 언젠가 했겠지만, 결과는 달랐을 것이다. 모든 일엔 타이밍이 있는 거니까.

N잡러의 자질 : 그 기술이 쓸데가 있네?

"노래를 부르라면 부르고, 춤을 추라면 출 수 있는데 강연은 도저히 못 하겠어."라는 작가도 있다. 나는 기질적으로 낯선 사람들과 소통하는 걸 즐긴다. 바깥 공기를 쐬고, 내 이야기에 고개 끄덕여 주는 사람들을 만나는 것이 신난다.

경북대에서 강연 요청을 받으면 대구 막창 투어를 갔고, 삼육대 강연이 끝난 후엔 태능 일대를 산책했다. 여건만 맞으면 어떤 강연이든 가고 본다. 그 시간에 웹소설을 쓰면 더 이득이지만, 나는 글 쓰는 기계가 아니니까 하고 싶은 걸 한다.

난 대학 새내기 시절부터 미술 학원 보조 강사로 일했다. 이미지 메이킹 강사가 되려고 국비 지원 교육을 받기도 했다. 미술 학원 원장이 된 것도 아니고, 이미지 메이킹 강사로 명성을 떨치지 못했으니 시간 낭비한 줄 알았다. 그런데 아니었다.

정보를 효과적으로 전달하는 법, 유쾌하면서도 정중하게 말하는 법, 청중을 대하는 태도와 눈 맞추는 법을 그때 배웠다. 유튜브 채널을 시작한 덕분에 카메라를 향해 혼자 말하는 것도 익숙했다. 덕분에 비대면, 대면 가리지 않는 강사가 됐다. 뭘 하든 열심히 하고 볼 일이다.

N잡러의 장점과 단점

N잡러의 장점은 다양하다. 일단 매너리즘에 쉽게 빠지지 않는다. 새로운 자극이 계속되고, 수입도 여러 군데에서 들어온다. 전혀 기대하지 않았던 목돈이 툭, 입금되기도 한다.

한쪽 일이 안 풀려도 타격을 덜 입는다. 웹소설이 잘 안 팔린다면 '올해는 에세이로 대박을 치겠어!' 훌훌 털고 일어난다. 강의가 꼬여도 '내 진짜 직업은 작가잖아? 쉬엄쉬엄하자!'라고 생각할 수 있다.

물론 단점도 있다. N잡러는 체력과 시간 관리에 극도로 민감해진다. 집중력을 발휘하지 못하면 이것도 저것도 아닌 상태가 돼 버린다.

두 마리 토끼를 쫓다가 모두 놓치는 게 아닐까? 전문가로 인정받지 못하면 어쩌지? 가끔 불안하다. 정체성이 흔들리기도 한다. 앞날을 예측하기 힘들다는 점도 단점이 될 수 있다.

N잡러 되는 법

첫째. 억지로 쥐어짜면 될 것도 안 된다. 적성이나 발전 가능성도 중요하지만 날 두근두근하게 만들 재미있는 일을 찾아야 한다.

둘째. 고민은 짧은 게 좋다. 생각이 많아지면 점점 더 방어적으로 변한다. 돌다리 몇 번 두드리다가 돌아서지 말자. 다리 너머 뭐가 있는지 건너가서 확인해 보는 걸 추천한다.

셋째. 최대한 가볍게 시작하자. 뭐든 풀 세팅을 해야 시작하는 사람이 있다. 공을 차 보기도 전에 축구공, 축구화, 스타킹, 물통, 수건, 헤어 밴드까지 마련해야 직성이 풀린다. 기분은 좋을지 몰라도 효율적인 방법은 아니다. 그림을 그리고 싶다면 4B 연필 한 자루로 시작하자. 그래야 후회도 덜 한다.

넷째. 가능성이 안 보이면 과감히 멈추자. 그래도 괜찮다. 아직은 때가 아닐 수도 있다. "이거 아니면 절대 안 돼!" 신념은 높이 살 만하지만, 세상에 그런 건 없다.

20대 후반에 수백만 원의 수업료를 내고 요가 강사 자격증을 딴 적이 있다. 하지만 요가를 즐기는 것과 요가를 가르쳐 돈을 버는 건 완전히 다른 문제였다.

문화 센터 강의를 몇 번 하다가 두 손 두 발 다 들었다. 5, 60대 엄마뻘 회원들이 나보다 실력이 뛰어났다. 나는 요가복 쇼핑할 때만 즐거웠다. 그러니 그건 관두는 게 마땅했다.

다섯째. 큰 기대 없이 시작하자. "망하면 어때?" 뻔뻔함과

기세가 필요하다. 대충하라는 뜻은 아니다. 어느 분야든 신인이 성공할 가능성은 낮다. 최선을 다해도 성과가 없을 수 있다. 조급해하지 말라는 거다. 다른 일도 병행하며 운과 타이밍을 기다리자.

남들이 뭐라든 나는 N잡러의 생활이 좋다. 모험을 꿈꾸는 어린아이처럼 살 수 있는 것만으로도 큰 선물이다. 완전히 다른 미래가 날 기다릴 거란 흥분. 오늘보다 나은 내일이 될 거라는 자신감. N잡러가 되기 전엔 느껴본 적 없는 기쁨이다.

흥미롭고 신나는 일을 찾아보세요.

오늘의 취미가 내일의 희망,

혹은 제2의 미래가 될지도 몰라요.

어느 분야에서든 당신은 성장할 테고,

무르익을 거예요.

그때가 되면 다들 당신을 모셔 가려고 하겠죠.

가만히 있어도 빛이 날 테니까요.

반드시 기억해야 할 후회의 기술

고달픈 미대 입시를 끝내고 대학생이 됐지만 조금도 기쁘지 않았다. 전철역에서 스쿨 버스로 갈아탈 때면 우울함이 극에 달했다.

'이제라도 재수할까? 등록금은 어쩌지? 반수라도 하고 싶은데, 엄마한텐 뭐라고 해?'

고등학교 3학년 때 내 목표는 한예종 미술원이었다. 근거는 전혀 없지만, 거기가 아니면 안 될 것 같다는 착각에 사로잡혔다. 엄마는 마지못해 내 선택을 지지해 줬다. 비싼 미대 입시 학원비에 과외비까지 대야 했으니 집안 기둥뿌리가 적잖이 흔들렸을 것이다.

실기는 당연히 합격일 테니까 2차 면접 준비만 잘하면 될 줄 알았는데 보기 좋게 미끄러졌다. 그 뒤론 후회의 연속이었다. 뒤늦게 시작한 정시 실기 시험 준비에 적응하지 못했다. 방황하는 내게 미술 학원 원장 선생님은 재수를 권했다.

"한예종 말고 내년에 서울대 준비해 보자. 너 정도면 충분히 할 수 있을 거야!"

서울대에 간다면 무너진 자존심을 단박에 회복할 수 있을 거였다. 나는 과감하게 정시를 포기하기로 했다. 왜? 내년엔 서울대생이 될 테니까! 원서를 안 쓰려다가 마음을 바꿨다. 분위기나 살필 겸, 한 군데만 응시하기로 한 거였다. 그 학교가 내 모교가 될 줄은 몰랐다.

여중, 여고, 여대라니. 수녀도 비구니도 아닌데 너무한 거 아냐? 기대와 전혀 다른 대학 생활은 불평불만으로 얼룩졌다. 나는 실패했고, 앞으로의 인생도 망했다고 믿어 의심치 않았다.

'그 남자를 사귀지 말았어야 했는데', '빚을 내서라도 집을 샀어야 했는데', '결혼만 안 했어도', '아이를 더 빨리 가졌더라면' 다들 비슷비슷한 후회를 안고 산다. 현재에 만족하지 못할수록 후회는 짙고 독해진다.

삶은 뻥 뚫린 고속도로가 아니다. 울퉁불퉁한 비포장도로다. 굽이마다 수많은 갈림길이 있다. 한쪽 길을 선택하면 필연적으로 다른 길을 포기해야 한다. 어렵사리 선택한 길이 고

달플 때면 내가 가 보지 못한 길이 못내 아쉽다.

그러니 얼른 성과를 내고 싶다. 내가 틀리지 않았다는 걸 확인받고 싶다. 몇 번의 실패와 좌절을 겪고 나면 초조함은 후회로 뒤바뀐다.

'서울대에 갔더라면 인생이 180도 바뀌었을 텐데. 내가 기회를 놓쳤어.'

스무 살의 나도 후회로 하루를 시작해서 스스로에 대한 원망을 껴안고 잠들었다. 모든 게 술술 잘 풀리는 인생이 없다는 걸 알면서도 자꾸 뒤돌아봤다.

재수했다고 서울대에 합격했을까? 아니. 그렇지 못했을 거다. 나는 실기 준비는 그럭저럭했지만, 공부는 시늉만 하던 수험생이었다. 독서실에서 수능 문제집을 푼 시간보다 휴게실에서 컵라면을 먹으며 떠들어 댄 시간이 더 길었으니 오죽할까. 최선을 다해 불성실했는데도 몸과 마음은 입시 스트레스로 너덜너덜했다.

간절한 목표가 생겼다고 전에 없던 집중력과 재능이 샘솟지 않는다. 조금 나아질 수 있지만, 더 깊은 구렁텅이에 빠질 수도 있다.

중요한 건 내가 어떤 대학에 진학했든 작가가 됐을 거라는 사실이다. "후회해 봤자 아무 소용없어. 넌 어차피 대학 전공과 상관없는 직업을 갖게 돼!" 타임머신을 타고 과거로 돌아간다고 해도 대학 신입생인 내겐 씨알도 안 먹혔을 거다. 우울할 땐 합리적이고 타당한 이야기가 귀에 들어오지 않는 법이니까.

후회는 당연하고 자연스러운 감정이다. 인간만이 할 수 있는 고등한 능력이기도 하다. 지난 일을 복기하고, 부끄러워하고, 성찰하며 인간은 성장한다. 후회와 성장을 반복하면 점점 더 나은 선택을 할 수 있게 되는 것이다.

"나는 후회하지 않아! 과거에 얽매이는 건 시간 낭비일 뿐이야!" 꼭 이래야만 진취적이고 행복한 삶이 아니다. 지나친 자기 확신은 문제를 일으킨다. 실수를 저지르고도 성찰하지 않으면 제 발에 걸려 넘어지기 쉽다.

다만 후회에 발이 묶이지 않도록 주의해야 한다. 지나친 후회는 부정적인 감정을 자석처럼 끌어당긴다. 밑바닥인 줄 알았는데 지하가 있고, 그 밑엔 거미줄 같은 갱도가 이어진다. 감정이 습관이 되면 더 무섭다. 우울, 불안, 자괴감이 일상을 점령할 수도 있다.

그 굴레를 벗어나려면 부정적인 감정에서 빠져나오는 방법을 연습해야 한다. 일단 자신을 냉정한 시선으로 관찰해 보자. 나 자신을 비추는 CCTV 카메라가 된 것처럼.

어떤 감정에 몰입하면 보이지도 않고, 들리지도 않는다. 한 발짝 뒤로 물러나는 게 중요하다. 내가 부정적인 감정에 사로잡혔다는 사실을 깨닫는 것만으로 도움이 된다.

그 뒤엔 관심을 다른 곳으로 옮겨야 한다. 같은 상황에서는 같은 생각을 하기 쉽다. 공간부터 바꿔 보자. 옷 갈아입고 산책하러 가자. 샤워하고 편안한 카페에서 차를 마시거나 여행을 떠나는 것도 좋다. 그게 어렵다면 책을 읽고, 친구를 만나자. 부정적인 감정을 차단하고 나 자신을 위로할 수 있는 방법을 찾는 것이 제일 중요하다.

스무 살의 나는 재수도 반수도 하지 않았다. 대학도 성실하게 다녔다. 새로운 목표를 세우는 게 도움이 됐다. '1학기 성적 우수 장학금을 받자. 그래도 불만이면 그때 재수하자. 그전까지는 후회하지 않기!'

나와의 약속을 지키는 게 쉽진 않았다. 친구들과 선배들의 도움을 많이 받았다. 장학금을 타고 나니 지긋지긋한 수험 생활을 다시 할 자신이 없더라. **그래서 날 응원해 주기로 했다. 진짜 잘했다고. 앞으로 너 잘될 거라고. 어느 길로 가든 내가 선택한 그 길이 최선이라고.**

진짜 후회의 기술은 나에게 너그러워지는 것이다.

우리는 과거로 돌아갈 수 없어요.

게임처럼 인생을 리셋할 수도 없고요.

머리를 깨끗하게 비우고

지금 내가 누릴 수 있는 것들에 집중해 봐요.

당신의 모든 선택은 최선이었어요.

최선의 선택과 치열한 오늘이

어떤 기적을 만들어 내는지 지켜볼 차례예요.

무인도를 탈출하는 가장 무식한 방법

몇 년 전 반도와 겪은 일이다. 영흥도로 겨울 여행을 떠났다가 '신비의 바닷길'이 열린다는 목섬에 들렀다. 목섬으로 향하는 길이 시원하게 뚫려 있었다. 밀물과 썰물에 따라 사라지기도 하고 드러나기도 한다는 게 믿기 힘들 만큼 넓고 곧은 길.

"한번 가 보자. 우리가 언제 무인도에 들어가 보겠어?"

혹시나 해서 물때를 검색했다. 시간표를 요리조리 들여다봤지만, 난수표처럼 통 이해할 수 없었다.

"위험했으면 못 가게 막았겠지. 경고 표지판이라도 박아 놨을 거야."

재난 영화의 시작이 그렇듯 무인도는 평화로웠다. 겨울답지 않게 따사로운 햇살. 하얗고 반짝이는 조개껍데기. 작은 섬을 독차지했다는 생각에 들떠 목섬 곳곳을 누볐다. 2, 30분 정도 흘렀을까. 섬 뒤편에서 사진을 찍고 노는 내게 반도가 말했다.

"슬슬 가 봐야 하지 않을까?"

"설마 길이 사라졌겠어?"

"조심해서 나쁠 건 없으니까."

모래를 툭툭 털며 일어서는데, 왠지 모를 불안감이 뒷덜미를 찔렀다.

"……길이 없어졌어!"

그 넓던 길이, 광활하게 펼쳐져 있던 뻘과 함께 사라졌다. 그때의 까마득함과 아찔함이란.

"지금부터 내 말 잘 들어. 우린 섬을 나갈 거야. 신발 벗어."

반도가 말했다. 그의 위험천만한 제안을 도저히 받아들일 수 없었다.

"바다에 뛰어들자고? 그냥 여기서 기다리자! 119 연락하면 되잖아?"

"주말이야. 구조대가 언제 도착할 줄 알고? 우린 여길 몰라. 바위섬 꼭대기까지 물이 차면?"

나는 바짝 얼어붙은 채로 부츠를 벗었다. 바다 저편에 육지가 일렁이고 있었다. 천만다행으로 길이 완전히 사라진 건 아니었다. 바닷물이 발목 정도 높이로 차올랐을 뿐.

"정확히 한 발짝 뒤에서 따라갈 거야. 뒤돌아보지 마. 앞만 봐. 직선으로 달려!"

망설이는 날 반도가 떠밀었다. 나는 잠시 머뭇대다 육지를 향해 뛰기 시작했다. 발목에 닿던 파도가 종아리를 적시고, 허벅지를 때렸다. 초겨울 바다는 살이 떨어져 나갈 것처럼 차가웠다. 조개껍데기에 찔렸는지 발바닥에선 피가 철철 흐르는 듯했다.

"지금이라도 돌아가야 하지 않을까? 너무 멀어!"

목구멍에서 피맛이 올라올 때까지 달렸는데도 육지는 조금도 가까워지지 않았다. 수심이 깊어질수록 물살은 더 거세졌다. 파도에 쓸려 휘청거릴 땐 그만 포기하고 싶었다. 얼굴은 침과 콧물, 눈물범벅이었다.

'탈출할 수 있을까? 육지까지 못 가면 어쩌지?'

두려움 때문인지, 떨어진 체력 탓인지 속도를 낼 수 없었다. 그때 다리 위를 달리던 덤프트럭이 빠앙! 경적을 울렸다. '조심해. 그러다 죽어!'라는 의미가 아니었을까? 이상하게도 그 소리는 내게 응원처럼 들렸다. 이를 악물고 다시 뛰었다. 젖 먹던 힘까지 끌어냈다. 어차피 돌아갈 수도 없었다. 더는 발을 뗄 수 없을 때쯤 가까스로 뭍에 닿았다.

헉헉거리며 모래밭에 쓰러진 내게 반도가 가장 먼저 건넨 말은 "별거 아니네. 그치?"였다. 그가 평소와 다름없는 말투로 별것 아니라고 하니까 나도 별일 없었던 것 같았다. 찢어진 줄 알았던 발바닥은 매끈했다. 정말 아무 일도 없었던 것처럼.

누구나 크고 작은 위기를 만난다. 미리 알고 피하면 제일 좋지만 그런 행운은 드물다. 가볍게 떠난 여행이, 조심스레 시작한 투자가, 죽기 살기로 달려들었던 공부가 나를 벼랑 끝으로 몰고 갈 수 있다. 가족, 연인, 친구가 내 삶을 통째로 망가뜨릴 수도 있다.

"꽃길만 걸을 순 없다는 거 알아. 근데 왜 내 앞엔 전부 개똥밭, 막다른 골목, 망망대해뿐일까?"

원망해 봤자 달라지는 건 없다. 내가 선택할 수 있는 것은 무인도에 남거나, 탈출하는 것뿐이다.

"죽기밖에 더 해? 일단 가 보자!"

어떤 사람들은 스스럼없이 바다에 뛰어든다. 바닷물이 깊든 차든 신경 쓰지 않는다. 위기를 더 큰 기회로 바꿔 버리기도 한다. 행운도 그런 사람 뒤만 졸졸 따라다니는 듯하다.

어떤 사람들은 걱정부터 시작한다. 최악의 상황을 떠올리다가 뒤로 물러선다. 거친 파도와 맞서 싸우는 건 선택받은 이들의 이야기일 뿐이다. 무인도도 익숙해지면 나름 살 만하다. 미치도록 지겨울 때도 있지만, 망망대해로 뛰어드는 일만은 절대 할 수 없다.

"특별한 사람만 무인도에서 탈출할 수 있는 거야. 나는 수영도 못하고, 배를 만들 수도 없어. 파도에 휩쓸리느니 무인도에 사는 게 나아."

남들처럼 멋지게 수영하지 못하고, 최신식 배를 탈 수 없더라도 괜찮다. 너무 늦기 전에 수영하는 법을 배우고, 뗏목을 만들자. 처음엔 1미터만, 다음엔 10미터, 그다음엔 50미터. 할 수 있는 만큼 갔다가 안 되면 돌아오자. 갈아입을 옷도 없고, 발바닥은 찢어질 것 같고, 죽을 듯 무섭겠지만 **일단은 뛰어들자. 시작해 보기 전까지 아무도 모른다.**

마음 깊은 곳에서 우린 알고 있다. 더는 도망갈 수 없다는 걸. 이번엔 진짜 맞서 싸울 때라는 걸. 처음엔 잘 안 되겠지만 다음엔 더 쉬워질 것이다. '나도 해낼 수 있어!' 자신감은 그렇게 쌓여 간다.

나중에 알았는데, 우리가 탈출한 그 섬은 평소 고립된 여행객의 구조 요청이 잦은 곳이었다. 그냥 구조를 기다리는 게

더 안전했을지도 모른다.

무식해서 물때를 놓쳤고, 무모한 탈출을 감행했지만 아무튼 살았다. **혼자서 도저히 안 되겠으면 도움을 구할 것. 의지하는 사람과 함께 달릴 것. 무슨 일이 있어도 살아남을 것.** 이 말을 당부처럼 전하고 싶다.

스스로 좁고 척박한 곳에 갇히지 마세요.

당신의 젊음이, 미래가 너무 아깝잖아요.

낯설고 불안하더라도

더 넓은 땅을 향해 뛰어드세요.

마지막의 마지막까지 달려 봐요.

당장 눈에 보이진 않아도 분명 길이 있을 거예요.

여자의 성공엔 도끼가 필요하다

고등학생 때 생물 선생님이 손금보는 법을 가르쳐 줬다. 과학 과목과는 영 어울리지 않는 가르침이었지만, 아이들은 진지한 얼굴로 손바닥을 들여다봤다. 몇몇이 곧고 진한 두뇌선을 발견하곤 환호했다. 몇몇은 입맛을 다시며 이런 건 미신일 뿐이라고 냉소했다.

그때 선생님이 내 손바닥을 바짝 끌어당겼다. "성공선이 너처럼 뚜렷한 여자애는 처음 본다. 여자애들은 남자애들이랑 달라서 성공선이 흐릿하거든."

선생님의 한 마디에 아이들이 몰려들었다. 무심한 척 어깨를 으쓱하면서도 내심 우쭐했다. 최하위권 성적과 별개로 '나는 뭘 하든 될 사람'이라는 자신감으로 충만하던 때였다. 삐딱한 말로 선생님들을 당혹하게 만드는 재주도 있었다.

"아하! 여자랑 남자는 손금부터 차이가 나는 거군요? 남녀가 평등하다고 배웠는데 왜 성공하는 사람들은 대부분 남자일까요?"

그즈음 학교에서 장래 희망을 조사했다. 반 친구들은 장래 희망란에 교사, 공무원이라고 적었다. 나는 디자이너라고 썼다. 디자이너가 되고 싶은 마음은 손톱만큼도 없지만, 화가나 소설가라고 적으면 선생님과 1:1 면담을 해야 할 것 같았다.

나는 그 지역에서 진학률이 가장 좋은 여고에 재학 중이다. 전교 1등의 꿈도 교사라니 좀 이상했다. 성적이 모자라서 의대엔 못 가더라도 국회의원이나 사업가를 꿈꿀 순 있잖아? 왜 파일럿, 고위 경찰, 육군 장성이 될 생각을 안 할까?

내 속내를 읽기라도 한 것처럼 생물 선생님이 답했다.

"남녀가 평등하지만, 여자의 행복은 남자한테 달렸단다."

"……네?"

"성공한 여자는 남자한테 사랑받기 힘들어. 수컷은 자신이 보호할 만한 암컷에게 끌리게 돼 있거든. 그게 음양의 이치고 수컷의 본능이야."

너 때문에 어쩔 수 없이 천기를 누설한다는 투로 선생님이 피식 웃었다. 아무도 묻지 않았는데 자신이 남편에게 사랑받는 꿀팁까지 알려 줬다.

"바깥일만 잘한다고 성공한 게 아니야. 아내로서, 엄마로서 충실해야 진짜 성공한 여자지. 집에서까지 선생 노릇하면 어떤 남자가 좋아하겠니? 요리하고, 목욕물 받고, 속옷까지 착착 대령해야지 남편한테 사랑받는 거야."

선생님은 경험에서 우러나온 통찰임을 강조했다. 자신의 딸들이 너무 똑똑해서 자신처럼 행복하게 못 살까 봐 걱정이라는 말도 덧붙였다.

그보다 노골적인 주장을 펼치는 사람도 있다. 캐나다의 어떤 학자는 가족을 포기하며 커리어를 쌓는 게 무슨 의미가 있냐고 되묻는다. 창조적인 일을 하는 사람은 극소수고, 그 극소수조차 가정을 꾸리는 것보다 나은 삶을 산다고 확신할 수 없다는 것이다.

여성은 아내와 어머니일 때 가장 빛나는 존재며, 그 사실을 뒤늦게 깨달은 똑똑한 여성들은 서른 즈음 일을 그만두고 가정을 꾸린다고 주장한다. 뒷골이 뻐근할 정도의 헛소리를 듣다 보면, 버지니아 울프의 산문집 《집안의 천사 죽이기》가 떠오른다.

'집안의 천사'는 정이 많고, 매력적이며, 자기 욕심이라고는 없다. 가정생활의 어려운 일들을 척척 해결하면서 자신을 희생한다.

> "이봐요, 당신은 젊은 여성이에요. (중략) 다정하고 상냥하게 굴어요. 아첨하고 적당히 비위를 맞추는 거예요. 우리 여성의 모든 술수와 책략을 쓰도록 해요. 당신에게 당신만의 생각이 있다는 것을 아무도 눈치채지 못하게 해요. 무엇보다도, 정숙하세요."

1882년 영국에서 태어난 작가의 글이 폐부를 찌르는 현실을 어떻게 받아들여야 할까.

성공한 남성들은 어머니의 응원과 아내의 내조, 자녀들의 존경을 한 몸에 받는다. 그들이 최상의 퍼포먼스를 발휘할 수 있도록 모두가 한마음 한뜻으로 돕는다.

반면에 성공한 여성들은 이기적인 아내이자, 자녀에게 소홀한 어머니가 되기 쉽다. 직장에서는 '드세고 욕심 많은 여자', '남자들 이겨먹는 독한 여자'라고 눈총받는다. 말도 안 되는 일로 트집 잡히고, 실력을 의심당하며, 성과를 빼앗기기도 한다.

성공한 여성들조차 일과 가정 모두에 충실한 슈퍼 우먼이 되라고 조언한다. 왜 그래야 하는지 따지지 않고, 죽도록 노력하면 여자도 뭐든 할 수 있다고 강조한다. 하지만 여성이라는 이유만으로 인정받지 못하는 경우도 많다.

노벨상을 두 번 받은 과학자 마리 퀴리도 파리 과학 아카데미의 회원이 될 수 없었다. 파리 과학 아카데미는 마리 퀴리의 입회를 거부한 것에 그치지 않고, 여성은 영원히 과학 아카데미 회원이 될 수 없다는 결의안을 통과시켰다. 1911년에 채택된 결의안은 무려 1962년까지 계류되었다.

지금도 많은 이들이 여성에게 '집안의 천사'로 만족하라고 강요한다. 천사들이 날개를 펴지 못하도록 천장을 만들고 장벽을 세운다. 새장이 열려도 날아갈 수 없도록 길들이는 걸까.

여성이 날개를 달려면, '도끼'든 '독기'든 들어야 할지도 모른다. 가족, 친구, 연인, 직장 동료 심지어 나의 내면에도 얼어붙은 바다가 존재한다. 누군가 '내가 정말 도끼를 들 수 있을까?' 망설인다면 이렇게 대답하고 싶다.

"현재의 삶에 만족한다면 도끼는 잊어버려요. 하지만 얼어붙은 바다에서 빠져나가고 싶다면 얼음을 깨고, 통나무를 자르고, 다리를 건설해야 해요. 처음이야 힘들겠지만, 왜 못 하겠어요?"

"여자가 도끼질을 하다니, 사람들이 손가락질할 거예요."

"어차피 모두에게 사랑받을 수 없어요. 사랑받을 이유도 없고요. 세상엔 누가 뭘 하든 욕부터 하는 사람이 있어요. 보잘것없는 이들의 손가락 말고, 내 선택을 지지해 주는 사람

의 목소리에 귀 기울이세요.”

“도끼는 너무 위험하고 무겁잖아요. 대신해 줄 사람이 있는데 내 손을 더럽혀야 할까요?”

“내 손으로 이루지 못한 건 진짜 내 것이 아니에요. 여성은 언제나 도움이 필요한 미성숙한 존재도 아니고요. 걱정해 주는 척 당신의 도전을 가로막는 사람을 조심하세요.”

도끼질이 힘겨울 땐 버지니아 울프의 문장을 되새겨 보길 추천한다.

“나는 몸을 돌려 그녀의 멱살을 잡았습니다. 그리고 최선을 다해 그녀를 죽였습니다. 만일 내가 법정에 서게 된다면, 나는 그것이 정당방위였다고 변명할 것입니다. 만일 내가 그녀를 죽이지 않았다면, 그녀가 나를 죽였을 테니까요.”

신념을 가지되 지나치게 비장해질 필요는 없다. 아무 때나 도끼를 휘두르면 빨리 지친다. 어깨에 힘 빼고 느긋하게 가도 된다. 우리가 가진 도끼는 창조와 전진을 위한 도끼니까.

나 자신을 깨고,
안락한 집을 깨고,
차별의 장벽마저 깨야만
성공에 닿을 수 있을지 몰라요.
하지만 모든 걸 혼자 할 필요 없어요.
당신보다 앞서간 여성들이 많아요.
뒤따라오는 여성들도 많을 테고요.
휘파람 불고 춤을 추면서
우리, 도끼질을 합시다.

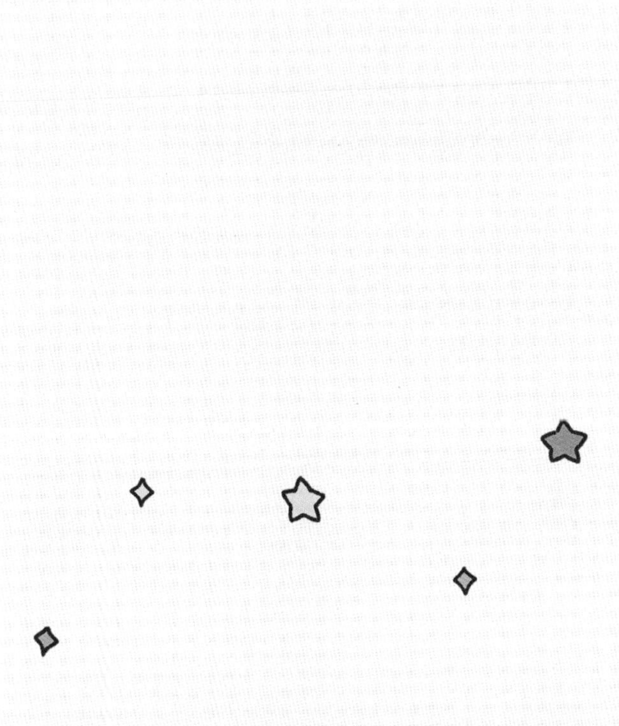

PART 2

덜 불안하고 더 평화롭게

하늘이 푸르고, 바람이 상쾌하다면

다 내려놓고 하루를 즐기세요

당신에겐 그럴 자격이 있어요

마음 편히 성공할 자격이요

별을
보러 가는 마음

"별 보러 가자."

평창 휴게소에서 내가 말했다. 반도가 시계를 확인했다. 얘 또 시작이네, 라는 표정으로.

"벌써 저녁 8시 반이야. 10시 전까진 입실해야 한다며?"

"펜션 사장님이 천천히 오래. 방문에 키 꽂아 놓으신대."

"어디로 갈 건데?"

"안반데기."

"안반데기가 뭐야?"

5분 전까지 속초 해변으로 향하던 우리는 목적지를 변경했다. 대관령을 지나 강릉 외곽 어디쯤 있다는 배추밭으로.

"오늘 영하 15도라는 건 알지? 강원도는 더 추워."

"바지 하나씩 더 껴입자. 차 트렁크 뒤져 보면 장갑도 있을걸?"

사실 나는 계획형 인간이다. 목표를 세우고 달성하는 게 최고의 희열이다. 하루를 계획하고, 착착 실행할 때 살아있음을 느낀다. 신나는 To-Do List! 짜릿한 초과 달성! 이쯤 되면 MBTI가 뭐냐는 질문이 나올 것 같은데. 모두의 짐작대로 J[*] 맞다. J가 좋다.

쉴 때도 기질은 변하지 않는다. 휴가도 마찬가지다. 몇 주 전부터 속초 숙소를 검색했다. 가격, 위치, 청결도, 전망을 확인하고 내돈내산 리뷰까지 꼼꼼히 확인한 후 예약했다. 다음엔 주변 맛집과 여행지 목록을 작성한다. 최저가 검색은 필수다. 그 모든 과정이 흥겹기만 하다.

하지만 모든 빛에는 어둠이 따르는 법. 계획이 어긋나거나, 목표를 이루지 못하면 큰 타격을 받는다. 어쩌다 한 번은 괜찮다. 두 번도 어찌어찌 넘긴다. 하지만 세 번, 네 번 반복되면 참담함을 이루 설명하기 힘들다. 별을 보러 간 날도 그런 날이었다.

"갑자기 별이 보고 싶었어?"

"별이라도 봐야겠어. 종일 안 된다는 말만 들었잖아."

"춥고 맑았으니까 별은 잘 보이겠다."

* MBTI 지표 중 판단형(Judging)의 약자로, 계획과 정돈을 선호하는 생활양식.

"근데 나 오늘 되게 즉흥적이지? P[**] 같지 않아?"

"설마. 오랜 계획 중 하나겠지."

안반데기는 태백산맥 능선 위, 해발 1,100m 지점에 있다. 떡을 칠 때 떡메와 한 쌍을 이루는 떡판을 '안반'이라 부르는데, 평평한 곳이라는 뜻의 강원도 사투리 '데기'가 붙어서 안반데기가 되었단다. 은하수 성지라 불리며 사진 동호인과 관광객들의 발길이 끊이지 않는다. 그런데.

"전망대, 폐쇄됐다는데?"

……깊은 침묵.

"더 가보자. 도로를 막진 않았잖아. 별은 어차피 하늘에 있는 거고."

여기까지 왔는데 포기할 순 없었다. 제설 작업이 되지 않은 길을 조심조심 오르다 보니 너른 공터가 나왔다. 간이 화장실이 딸린 주차장이었다.

"더 올라갈 데가 있습니까?"

반도가 다른 여행객에게 물었다.

"미끄러워서 위험해요. 별 보시려면 여기가 제일 낫고요."

친절한 설명을 들으며 차를 세웠다. 문을 여는 순간 날카

** MBTI 지표 중 인식형(Perceiving)의 약자로, 즉흥과 임기응변에 능한 유형.

롭게 벼려진 밤공기가 살갗을 찔렀다. 바람이 불면 눈을 뜨기 어려웠다. 흘러내린 눈물이 그대 얼어붙었다. 그래도 별이 있었다.

그날의 별은 숨 쉬는 것을 잠시 잊을 만큼 압도적이었다. 투명하게 반짝이는 빛이 가슴뼈 안쪽을 두드렸다. 밤은 더 이상 어둡지 않았다. 추위도 무뎌졌다. 주머니에 손을 꽂은 채 드러누웠다. 두껍게 쌓인 눈 위에서 산등성이까지 마중 나온 별을 만났다.

별들은 수천, 수만 광년 떨어져 있을 것이다. 별빛이 미처 도달하기 전 사라졌을지도 모른다. 오늘의 별빛은 죽은 별의 마지막 입김일 수도, 오래전 탄생한 별의 첫울음일 수도 있다. 대체 우주는 뭘까. 별은 뭘까. 이 추운 날 산꼭대기까지 바득바득 올라와서 별을 보는 건 무슨 마음일까.

여행 계획이 딱딱 맞아떨어졌다면 별을 보러 오지 않았을 거였다. 나와 별 사이를 가늠해 보지도, 먼 우주에서 날 지켜볼지도 모르는 미지의 존재를 떠올리며 실없이 웃지도 않았겠지.

일상엔 낯선 생각과 상상이 끼어들 틈이 별로 없다. 가던 곳만 가고, 먹던 것만 먹고, 살던 대로 산다. 아주 작은 일에 붉으락푸르락하기도 쉽다.

"내가 이렇게 화를 잘 내는 사람이었나? 이깟 게 뭐라고 기분을 망치는 거지?"

그런 생각이 든다면 예상치 못한 곳에 드러누워 공상에 빠지는 걸 추천한다. 별이 있다면 더 좋다. 하루치 불행은 금방 시시해질 것이다.

딱딱하게 언 엉덩이를 녹이며 비탈길을 내려왔다. 갓 스무 살이나 되었을까. 청년들이 깔깔 웃으며 별을 보러 가는 중이었다. 하얀 입김을 내뿜으며 그들은 무슨 생각을 할까?

"젊었을 때 다양한 경험을 해야지. 방구석에서 휴대폰만 보지 말고 여행을 많이 다녀라. 잘 노는 사람이 성공하는 거야."

고등학교 땐 대학만 잘 가면 된다더니, 대학에 입학하니 요구하는 게 많아졌다. 교수님들은 남자 친구도 여럿 사귀고, 배낭 여행도 가고, 해외 미술관 견학도 하라고 충고했다.

'그럴 형편이 되면 얼마나 좋겠어요. 학기 내내 아르바이트 하면서 취업 걱정에 학자금 대출 걱정까지 해야 하는데 배낭 여행이라뇨?'

속으로 투덜거리며 시선을 옆으로 돌렸다. 어릴적엔 남들 다 하는 대로, 정해진 순서대로 쫓기듯 살았다. 왜 별을 봐야 하는지, 보면 뭐가 좋은지 공감하지 못했다. 눈앞의 결과가 제일 중요했다. 결과를 내지 못할까 봐 두려웠다. 점점 더 작고 하찮은 것에만 매달렸다. 그거라도 잘해야 한다는 강박 때문이었다.

언제든 목적지를 변경할 수 있는 자유. 기름값과 톨게이트 요금을 걱정할 필요 없는 경제력. 모든 걸 나와 함께해 주는 사람. 대학 시절의 나는 미래의 내가 그런 것들을 갖게 될 줄 몰랐다.

과거의 내게 말해 주고 싶다. **계획대로 되는 인생은 별로 없다는 걸. 내 선택이 잘못됐거나 꿈이 헛돼서 그런 게 아니라는 걸. 틀어진 계획 때문에 더 잘 풀릴 수도 있다는 걸.**

많은 사람이 별을 보러 가면 좋겠다. 어긋난 계획 때문이 아니라, 별만을 위한 발걸음이라면 더 좋겠다. "강릉에 진짜 좋은 데가 있대. 별이 막 쏟아진대. 간 김에 막국수도 먹고 물회도 먹자!" 연인, 친구, 가족과 함께 별을 보러 갈 형편이 되면 참 좋겠다. 혼자도 상관없다. 지구를 돗자리 삼아 가늠할 수 없는 먼 곳까지 상상해 보길. 어디서든 따뜻하게.

열심히 달려온 길에서 넘어졌더라도

실망하지 말아요.

너무 빨리 일어나려고 애쓸 필요도 없어요.

넘어진 김에 눕는 건 어때요?

누운 김에 별도 보고요.

별이 당신의 소원에 귀 기울여 주길 기도할게요.

누군가의 베스트컷과
나의 B컷

나는 그녀를 잘 모른다. 몰라도 좋아하는 데 아무 문제 없다. 음악 방송이나 광고, 뉴스에 등장하는 그녀만 봐도 웃음이 난다. 그녀의 이름을 읽기만 해도 좋다. 어쩜 이름까지 아이유람.

그녀의 미담은 밤하늘 별만큼 많다. 미담 때문에 좋아하는 건 아니다. 거액의 기부금으로 헤아릴 수 없는 뭔가가 그녀에게 있다. 웃을 땐 얼마나 예쁜지. 같은 한국인인 게 뿌듯할 정도다.

“당신의 롤 모델이 누굽니까?” 질문을 받는다면 “아이유 님입니다. 그분처럼 아름답고, 노래 잘하고, 연기도 잘 할 순 없지만요.”라고 대답하고 싶다. 수많은 문학가를 저버리고 그녀를 롤 모델로 모시는 이유가 있다.

언제부턴가 훌륭한 사람이 되고 싶다는 욕심을 버렸다. 더 나은 내가 되고 싶지도 않았다. 남한테 피해 안 주고 세금 꼬박꼬박 내면 충분하지 않은가? "난 나대로 괜찮아. 이 정도면 훌륭한 셈 쳐!" 그렇게 큰소리 뻥뻥 쳤는데.

강단에서 청년들을 만나다 보니 그걸로는 부족할 것 같았다. 삶의 목표를 가진 어른이고 싶었다. 급하게 '웃음을 전하는 친절한 사람'이라는 꿈을 만들었다. 그때 가장 먼저 떠오른 사람이 그녀였다. 롤 모델이 아이유라니, 제법 센스 있는 걸.

어느 대학 특강 후에 몇몇 학생이 사인을 요청했다. 요즘은 종이보다 전자기기에 사인받는 분들이 많다. 값비싼 태블릿을 망가뜨릴까 조심조심하는데 한 학생이 말했다.

"작가님이 제 롤 모델이에요."

"으엑. 그러지 마요! 어쩌다 그런 생각을 하게 됐어요?"

학생이 뭐라 대답했지만 통 이해할 수 없었다. 어색한 포즈로 사진을 찍고 도망치듯 강연장을 빠져나왔다.

"사기 치다가 걸린 기분이야. 내가 얼마나 후진지 써 붙이고 다닐까 봐. 나 그렇게 괜찮은 사람 아니라고."

민망한 마음에 말이 빨라졌다. 노수는 너그럽게 웃으며 내 잔에 맥주를 따라 줬다.

"왜? 너 정도면 롤 모델로 꽤 쓸 만한데?"

"겉보기만 그런 거지. 롤 모델까지는 좀……."

문득 나의 롤 모델 그녀가 머릿속에 스쳐 지나갔다. 전혀 다른 영역에서, 자신보다 한참 나이 많은 여자가 롤 모델이라 하면 얼마나 황당할까? 함부로 입 놀리지 말아야지. 깊이 반성하며 또 맥주 캔을 땄다.

"지망생들에겐 네가 얼마나 대단해 보이겠어? 신춘문예 등단에, 웹소설로 억대 인세 벌지, 책도 많이 팔렸지. 인터뷰에, 기사에……."

"그런 건 다 고르고 고른 A컷들이야. 정무늬 인생의 편집본."

"유튜브 촬영할 때처럼?"

"풀 메이크업에 LED 조명은 필수잖아? 후 보정은 얼마나 하는지 알아? 가끔 내 영상 보면서 생각한다니까. 나도 저 여자처럼 생겼으면 좋겠다고."

5분 남짓한 분량의 유튜브 영상을 위해 사나흘을 매달린다. 시간 대부분을 편집에 쓴다. 늘어지고 버벅거리는 부분은 통째로 들어낸다. 매끄러운 말, 화사한 표정들만 똑똑 잘라서 이어 붙인다. 그렇게 베스트 컷만으로 이루어진 영상을 업로드한다. 매 순간 진심이긴 해도 영상 속 그녀는 나의 파편에 불과하다.

"인스타그램이든 유튜브든 TV쇼든 우리가 보는 건 타인의 베스트 컷이야. 재화와 인력을 투입해 만든 고도의 완성품. 하지만 인생은 그게 아니잖아. 24시간 내내 라이브로 돌아가는데. 구질구질한 B컷에, 지우고 싶은 C컷이 훨씬 많지. 그걸 남의 베스트 컷이랑 비교하기 시작하면 그때부터 지옥이 펼쳐지는 거야."

"부럽긴 부럽더라. 다들 해외여행 가고, 파인다이닝에서 밥 먹고, 골프 치면서 사는 것 같아."

나와 함께 캐디로 일했던 노수가 말했다.

"골프 배우고 싶어? 난 골프장 근처엔 얼씬도 하기 싫은데."

"남이 더 빛나 보인다는 소리야. 편집이든 연출이든."

세상엔 나보다 잘난 사람들로 가득하다. 초대박 작가, 젊은 건물주, 비행기 퍼스트 클래스만 타는 부자, 매끈한 복근의 소유자 등등. 부럽지만 그들과 날 비교할 필요 없다. 아이유로 다시 태어나길 바라는 것처럼 무의미하고, 허무하기 때문이다.

다들 비슷비슷하게 입학하고, 졸업하고, 취업한다. 결혼 시기도 엇비슷하다. 몇 번의 검색만으로 쟤가 얼마짜리 집에 사는지 알 수 있다. 얘가 타는 수입차 출고가도 짐작할 수 있다. 그래서일까. 우리 사회는 줄 세우고, 비교하고, 평가질 하는데 거침없다. 그게 무례하다는 것조차 모른다.

'자기한테 만족할 만한 것이 없다고 생각하는 사람일수록 남과 스스로를 비교하는 경향이 크다.'[*]고 한다. 자기만족은 어떻게 하는 걸까. 비교를 많이 할수록 불행할 확률이 높아진다는데. SNS 다 끊고 산골짜기에 틀어박히면 괜찮으려나?

인지 심리학자 김경일 교수는 새로운 것을 배우거나 취미를 가져 보라고 권한다.

> '남과 비교하는 성향이 강한 사람들은 스스로 감탄할 것들이 필요합니다. 안 해 봤던 것을 새로 배우는 과정에서 내가 이런 것도 할 수 있구나! 감탄하고 이후 실력이나 지식이 늘었을 때 나에게 또 감탄할 수 있는 여지가 생길 것입니다. 이는 나의 자존감과 정체감을 지켜 주는 갑옷 같은 역할을 합니다.'

현실 감각을 잃지 않는 것 좋다. 높은 목표에 도전하는 것도 좋다. 하지만 그보다 중요한 건 자신을 지키는 것이다. 무슨 일이 있어도 나를 깎아 내리지 않아야 한다. 눈부시게 빛나는 누군가를 봤다면 감탄하자. 손뼉 치고 응원하자. 그가 가진 긍정적인 에너지를 나눠 받을 수 있도록.

---

* 《타인의 마음》 김경일, 사피엔스 스튜디오

남들은 다 부유하고 여유롭게 사는 것 같죠?

진짜 그런 사람이 몇이나 되겠어요.

그들도 가장 멋진 사진만 골라서 SNS에 올릴 거예요.

남의 베스트 컷을 나의 B컷과 비교하지 마세요.

누군가 때문에 내 삶을 초라하게 만들지 말아요.

나의 베스트 컷은

이제부터 시작이라고 믿어 보자고요.

존버의 세상은
끝났다

사람은 기계가 아니다. 목푯값을 입력하고, 실행 버튼을 누르는 것만으로 뚝딱뚝딱 결과물을 뽑아내지 못한다. 한다 한들 지속하기 힘들다.

"목돈 모아서 딱 2년만 글 쓰는데 올인해야지. 죽도록 해 보고 안 되면 관두는 거야. 이 정도 각오면 뭐든 되지 않겠어?"

대학 졸업 후 캐디로 일하면서 다짐을 했다. 하지만 골프장에서 번 돈은 전부 병원비로 탕진했다. 하찮은 통장 잔고가 마음에 걸려서 글 쓰기에 집중할 수 없었다.

언제부턴가 노트북을 열기 싫었다. 새하얀 한글 화면만 봐도 가슴이 답답했다. 연예계 뉴스를 뒤적이고, 잡동사니를 쇼핑하고, 책상 정리를 한 뒤에 낮잠을 자거나, 배달 음식을 시켜 먹었다.

"나는 왜 이렇게 의지가 약할까? 간절하지 못한 걸까. 집중력이 부족한 걸까. 글 쓰는 걸 좋아한다고 생각했는데……."

좋아하는 일도 고통스러울 수 있다. 아니, 좋아하기 때문에 잘 안 되면 더 고통스럽다. 시간과 에너지를 효율적으로 쓰기 위해 특단의 대책이 필요하다!

step 1. 목표 수정하기

일단 '2년 안에 성공하겠다.'라는 식의 욕심을 버렸다. 내 뜻대로 되는 것도 아닌데 압박감만 키우기 때문이다. 나는 '하다 보면 언젠가 되겠지.'라고 마음을 고쳐먹었다. 목표도 '될 때까지 지속하기'로 수정되었다.

step 2. 효율적으로 몰입하기

나는 한번 몰입하면 서너 시간 동안 일어나지 않는 편이다. 물도 안 마시고, 화장실도 가지 않는다. 집중력은 좋지만, 체력이 형편없다. 하루 열 시간 일하고, 삼사일 쉬어 버리면 손해가 몹시 컸다.

핵심은 '얼마나 많은 시간을 투자하느냐'가 아니라, '그 시간을 얼마나 알차게 쓰느냐'다. 나는 가장 적은 시간을 투자해 최대한의 결과를 내고 싶었다. 그래서 하루를 분석하고 시간을 배분하기 시작했다.

step 3. 할 수 있는 만큼만 하기

지속의 핵심은 스트레스를 덜 받는 것이다. 시간 관리, 체력 관리보다 더 중요한 것이 스트레스 관리다. 시간과 체력이 남아돌면 무슨 소용인가? 마음이 복잡하면 아무것도 못 한다.

마른걸레를 쥐어짜지 말자. 적당히 몰입했다면 쉬자. 잠깐 하고 관둘 게 아니니까 쉬엄쉬엄 가자. 신체, 두뇌, 마음의 피로를 충분히 풀어야 한다. 그래야 다시 몰입할 수 있다.

그렇게 나만의 루틴을 만들어 갔다. 요즘 내 하루는 이렇다.

AM 10:00	기상
AM 11:00	작업
PM 13:00	산책 및 가사 노동
PM 15:00	독서 및 낮잠
PM 18:00	작업
PM 20:00	요리 및 식사
PM 21:30	유산소 운동 및 요가
PM 23:30	자유시간 및 독서

아침 점심엔 과일 주스, 요거트 등으로 허기를 때운다. 저녁 한 끼만 정성스레 차려 먹은 지 오래됐다. 익숙해지면 편리하다.

작업 시간은 보통 하루 4시간. 가급적 5시간을 넘기지 않는다. 밤이 되면 책을 읽거나 영화를 보거나 휴대폰을 보며 논다. 이런 루틴으로 이틀 일하고 하루는 쉰다. 바쁘면 사흘 연달아 작업하기도 하지만 웬만해서는 루틴을 따른다.

아프면 며칠 쉰다. 친구를 만나거나 여행 계획이 잡혀도 쉰다. 일하는 날은 한 달에 보름 정도? 그 정도만 일해도 웹소설 30편, 대략 15만 자 정도 쓴다. 전업 작가로서 평균은 하는 편이다.

자주 쉬기 때문에 집중력도 더 높아졌다. 2시간만 열심히 쓰면 또 놀 수 있으므로 딴짓할 마음이 사라졌다. 책상에 앉는 순간부터 집중하는 법도 익혔다. 그렇게 나는 루틴 성애자가 됐다.

루틴의 장점

1. 그냥 시작하게 된다.

습관이란 참 무섭다. 영감이 떠오르지 않는다거나, 몸이 찌뿌둥하다든가, 핑계를 댈 필요가 없다. 하기 싫은 걸 억지로 하지 않아도 된다. 정해진 시간에 앉아서 그냥 시작하는 거다. 익숙해지면 되게 편하다.

2. 슬럼프가 왔을 때 회복하기 쉽다.

우리의 멘탈은 강철도, 티타늄도 아니다. 위기는 시시때때로 찾아온다. 몸과 마음이 흔들린다 해도 루틴이 잡혀 있으면 다시 시작하기 쉽다. 반복할수록 근육이 붙는다. 단단한 근육으로 언제 닥칠지 모르는 슬럼프를 대비하자.

3. 몰입도가 올라간다.

생업, 가사 노동, 육아 때문에 시간을 뜻대로 쓸 수 없는 사람이 많다. 조각난 시간을 아껴 써야 한다면 몰입은 성패를 좌우하게 된다. 고민하지 않고 바로 하는 것. 머리가 아닌 몸으로 하는 것. 루틴의 핵심이자, 장점이다.

예술가는 충동적이고, 즉흥적인 영감에 따라야 한다고 믿는가? 루틴을 만들라는 건 즉흥성을 포기하란 뜻이 아니다. 나도 충동적으로 해외여행 티켓을 사거나 공연을 보러 간다. 그리곤 다시 일상으로 돌아올 뿐이다.

반복의 힘은 어마어마하다. 수많은 위대한 예술가들은 의식ritual이라 불릴 만큼 경건하게 하루를 꾸렸다. 그렇게 쌓인 하루하루가 자산이 되고 위대한 창작의 발판이 된다.

도전자는 호화 유람선 일등객실 승객이 아니다. 목적지에 닿을 때까지 멈출 수 없는 갤리신 노잡이다. 자신을 극한까지 밀어붙일 필요는 없다. 루틴이란 모터 보트를 타자. 죽기 직전까지 노 젓지 말고, 바람을 즐기자. 올바른 방향으로 꾸준히

갈 수 있도록!

루틴 만드는 법

1. 나만의 스타일 찾기

모두가 새벽 5시에 일어나 조간 신문을 읽고 마라톤 풀코스를 뛸 수 없다. 타인과 나를 비교하지 말자. 무리하지도 말자. 내일의 에너지를 끌어다 쓰는 건 절대 금물이다. 하지만 너무 헐렁하게 짜면 안 된다. 적당한 긴장을 유지할 것!

2. 컨디션 좋을 때 제일 중요한 일 하기

집중력과 체력을 고려해 시간을 전략적으로 배치해야 한다. 잡다한 업무는 지쳤을 때 해도 된다. 내 머리가 반짝반짝 빛날 때 제일 중요한 일을 처리하자.

3. 휴식도 반드시 포함할 것

메마른 강엔 배를 띄울 수 없다. 강이 흐를 수 있도록 맑고 신선한 물을 풍부하게 공급하자. 충전하는 시간, 인풋 하는 시간, 아웃풋 하는 시간을 나눠서 루틴화 하는 것도 추천한다.

4. 자주 수정하고 반복할 것

반복하지 않으면 루틴이 아니다. 몸이 절로 움직이도록 습관을 만들자. 한번 만들었다고 내내 고집할 필요는 없다. 언제든 수정하고 다시 시작하자. 변화는 신선한 자극이 된다는 걸 기억하길.

야심 차게 준비한 일이 실패했을 때, 가족과 다투거나 연인과 헤어졌을 때, 예기치 않은 질병이 찾아왔을 때, 루틴으로 단련한 근육이 날 다시 걷고 달리게 했다.

쉬운 길은 아니겠지만 성장의 즐거움에 집중해 보자. 중요한 건, 나는 될 거라는 믿음이다.

죽어라 버틸 생각 말고

쉬엄쉬엄 지속하세요.

깨지고 굴러도 괜찮아요.

또 일어나면 되니까요.

하늘이 푸르고, 바람이 상쾌하다면

다 내려놓고 하루를 즐기세요.

당신에겐 그럴 자격이 있어요.

마음 편히 성공할 자격이요.

명품 좋은 것
누가 몰라?

"못 알아볼 뻔했어요. 사진이랑 좀 다르신데요?"

남자가 넉살 좋게 웃었다. 소개팅 주선자에게 보정된 셀카를 보낸 나는 따라 웃지 못했다. 10년도 훨씬 지난 일이다. 망한 소개팅을 지금까지 기억하는 건 그의 남다른 취향 탓이었다.

남자는 커피 테이블 위에 수입 자동차 키를 턱 올려놓는 사람이었다. 클러치 백부터 벨트, 바지, 로퍼까지 모두 명품이었다. 어떻게 알았느냐고? 흘낏 봐도 알아챌 만큼 커다란 로고가 빡, 찍혀 있었거든.

"에코백 좋아하시나 봐요?"

그가 내 가방을 유심히 바라봤다.

"가볍잖아요. 짐도 많이 들어가고."

"알뜰한 성격이시네요. 남자들한테 인기 많으시겠다."

내 취향을 낯선 남자에게 평가당하고 싶지 않았다. 그런 이유로 이성에게 인기를 끌고 싶은 마음 또한 없었다.

"아뇨. 명품 좋아해요. 대충 나오느라 아무거나 든 거예요."

속뜻을 헤아려 주길 바랐지만, 남자는 공통 관심사를 발견했다는 사실에 기꺼워했다.

"샤넬이 잘 어울릴 것 같아요. 샤넬 백은 소비가 아니라 투자란 거 아시죠? 최대한 빨리 사는 게 이득이에요."

아. 위경련이 났다고 할까? 할머니가 편찮으시다고 할까? 나는 유난히 떫은 카모마일 차를 홀짝이며 머리를 굴렸다.

나도 명품 백이 갖고 싶을 때가 있었다. 두어 개쯤 산 적도 있었다. 디자인이 예뻐서였다고 주장했지만, 사실이 아니었다. 그 정도는 누려 보고 싶었다. 그런 삶을 선망했고, 엇비슷하게 흉내 내고 싶었다. 그래야만 성공에 가까워지는 줄 알았다.

아이보리색 양가죽 숄더백은 때가 잘 탔다. 크기가 작아서 책을 넣지 못했다. 대중교통을 탈 때는 엄두가 안 날 만큼 무겁기도 했다. 할부금을 다 내고도 가방과 서먹서먹했다. 그 가방을 드는 순간 몸에 걸친 3만 원짜리 원피스가 어색해진 탓이었다.

세련되고 우아한 취향을 가지고 싶었지만, 소비 습관은 변하지 않았다. 수입이 늘어난 후에도 나는 알리 익스프레스에서 티셔츠를 주문하고, 크록스에서 샌들을 골랐다. SPA 브랜드 할인 행사나 역시즌 땡처리가 아니면 옷을 사지 않았다.

드물게 백화점 신상을 살 때는 마음이 편치 않았다. 최저가 검색과 쿠폰, 카드 할인을 놓쳤다는 생각에 입이 바짝바짝 말랐다. 그런 내가 졸렬하고 좀스럽게 느껴질 때도 있었다.

“근데 이 카페 조명이 예쁘네요.”

대충 화제를 돌렸다. 남자의 반응은 엉뚱했다.

“사 드릴까요?”

“……조명을요?”

“아, 죄송해요. 남고, 공대를 나와서 여자분 대하는 게 어색해요. 마음을 이런 식으로밖에 표현 못 해요.”

마뜩잖은 분위기를 눈치챘는지 남자가 한발 물러섰다. 어색하다는 말과 달리 얼굴엔 묘한 승리감이 비쳤다.

“다음 달에 태국 여행 같이 가실래요? 큰 프로젝트가 성공적으로 끝나서 직원들이랑 포상 휴가를 가게 됐거든요.”

“직원 포상에 외부인이 왜 껴요?”

“그 정도 결정할 포지션은 돼요. 퍼스트 클래스 타고 4박 5일 정도. 어때요?”

‘뭐야. 웃기는 사람이잖아?’

그는 비슷한 방식으로 이성에게 접근했을 거였다. 누군가에겐 호감을 샀을 수도 있다. 잠시 퍼스트 클래스에 앉아 샴페인을 마시는 내 모습을 상상해 보았다. 등받이를 뒤로 젖힐 수도 없고, 다리를 쭉 펼 수도 없는 이코노미석보다 훨씬 쾌적하겠지.

그 뒤엔 어떤 일이 벌어질까? 남자가 5성급 호텔 스위트룸을 잡아 주지 않아서, 면세점에서 근사한 선물을 받지 못해서 속상할까?

남자가 모든 걸 제공한다 해도 나 자신에겐 분명히 실망할 거였다. 부유한 남자 옆에서 원하는 것을 손가락으로 가리키는 삶. 내가 바라지도 않고 관심도 없는 종류의 삶이었다.

"집까지 태워 드릴까요?"

"전철 타고 갈게요. 찻값은 제가 냅니다."

예나 지금이나 나는 마음에 안 드는 사람과 만났을 땐 무조건 돈을 낸다. 그편이 깔끔하다.

누구나 명품을 좋아하지만, 모두가 명품을 살 형편이 되는 건 아니다. 모건 스탠리가 2022년 발표한 보고서에 따르면 우리나라는 미국, 일본, 유럽 국가들을 제치고 1인당 명품 소비 1위 국가가 됐다고 한다. 우리나라가 그렇게 부유해진 걸까?

세계에서 가장 부를 중시하는 나라.

세계에서 가장 명품 과시를 좋아하는 나라.

해외 언론은 대한민국이 외모와 돈으로 모든 걸 가늠하는 나라라고 평가한다. 우리나라 사람들도 대체로 인정하는 분위기다. SNS로 명품 인증샷을 남긴 후 팔아 버리거나, 명품 대여 서비스를 이용하는 사람도 많아졌다고 한다. 이걸 취향이라고 봐야 할지 허세라고 봐야 할지 의견이 분분하다. 명품 지갑 계급도라는 밈이 도는 걸 보면 씁쓸하다.

"날 부러워해 줘. 우러러봐 줘. 내가 가진 것보다 우월하고 부유하게 봐 줘."

내가 뭘 좋아하는지 모르니까 유행하는 것, 남들이 다 하는 것, 그들이 추켜세워 주는 것만 좇게 되는 것 아닐까?

어린 시절 나는 핑크색을 미워했다. 여자아이는 핑크, 남자아이는 블루. 취향과 자유가 박탈된 일방적인 편견에서 벗어나고 싶은 나름의 저항이었다.

'여자애가 조신해야지.', '여자애가 왜 다리를 벌리고 앉아?', '목소리 낮춰. 암탉이 울면 집안이 망해.' 순종과 굴복을 강요하는 사회 분위기도 끔찍했다.

초등학교 5학년 때부터 대학교 1학년 때까지 숏커트를 고집했다. 고등학교 땐 머리를 너무 짧게 잘라서 입대가 언제냐는 질문을 자주 받았다. 가슴을 압박 붕대로 동여매고, 무채

색 옷만 고집했다. 그렇게 나의 여성성을 봉인했다. 여성인 내가 아닌, 나 자신이 되고 싶었다.

대학에서 그림을 전공하면서 나는 알록달록한 원색, 그중에서도 핑크색을 무척 좋아한다는 것을 깨달았다. 내가 원하는 색을 사용하겠다는 용기도 생겼다. 나는 스무 살이 넘어서야 핑크색 모자에 핑크색 손목시계를 차고 핑크색 휴대폰을 샀다. 남의 눈에 내가 어떻게 보일지, 남이 날 어떻게 판단할지 궁금하지 않아졌기 때문이다.

좋아하는 시사 메신저 김어준 씨의 일화다. 그는 파리 배낭여행 중에 마음에 쏙 드는 휴고 보스 양복을 발견했다. 그런데 가격이 너무 비쌌다. 자신이 태어나서 샀던 모든 옷을 합친 것보다 비쌌으며, 그걸 사면 그에겐 겨우 굶지 않을 정도의 여비밖에 남지 않았다.

그는 휴고 보스를 사 입고 공원에서 노숙했다. 그리고 하룻밤 묵었던 숙소를 찾아가 손님 3명을 데려올 테니 재워달라고 말했다. 5명 이상 데려오면 수수료를 달라는 말도 덧붙였다. 그리고 그는 1시간 만에 30명의 투숙객을 숙소로 데려갔다.

어떻게? 라는 질문에 그는 "난 보스를 입었잖아."라고 대답했다. 그는 계속 일해 달라는 사장을 뿌리치고 체코에서 '삐

끼 사장'으로 한 달을 잘 먹고 잘살았다. 체코를 떠나는 날 수중에 천만 원이 남았는데, 모든 건 휴고 보스를 샀기 때문에 가능했다고 말했다.

나는 이 이야기를 참 좋아한다. 다른 큰 의미도 있겠지만, 내겐 소비의 본질이 행복이라는 걸 일깨웠기 때문이다.

명품은 사치 즐기는 천박한 취향이고, 국밥에 소주 좋아해야 개념이라는 식의 논리는 고리타분하다. 나도 주방장 맡김 차림 요리를 좋아한다. 방음도 안 되는 낡은 여관보다 5성급 호텔의 올 인클루시브 서비스가 훨씬 좋다. 땀 뻘뻘 흘리며 지하철에 올라타는 것보다 대형 세단에 반쯤 누워서 목적지까지 가는 게 좋다. 너무 당연한 거 아니야?

돈은 타인의 시선이 아니라, 나의 기호에 따라 써야 후회가 없다. 큰돈이라면 더 그렇다. 내 꿈은 비즈니스 클래스로 타고 초호화 발리 리조트로 떠나는 거다. 가방은 튼튼하고 때 안 타는 에코백이나, 책 몇 권이 넉넉히 들어가는 백 팩이면 충분하다. 시행착오를 통해 깨달은 나의 취향이다.

우리가 가진 시간과 돈은 한정적이에요.
그걸 물건을 소유하는 것이 아니라
취향을 발견하는 과정에 써 봅시다.
내가 뭘 좋아하는 사람인지,
뭘 할 때 가장 기쁜지 발견해 보자고요.

아무것도 이루지 못한 서른 살에게

당신 이야기를 전해 듣고 한동안 아무것도 할 수 없었어요. 올해 서른 살이라죠? 어른들은 한창 예쁜 나이라고 할 거예요. 뭐든 시작할 수 있다고, 하나도 늦지 않았다고.

하지만 나는 당신의 서른 살이 너무 서글플까 봐 걱정돼요. 이룬 건 하나도 없고, 뭘 해야 할지 모르겠고, 뭘 해도 안 될 것 같은 불안이 당신을 짓누르고 있을까 봐요. 그런 서른 살은 노인보다 더 막막하거든요.

나의 서른 살도 비슷했어요. 20대에 등단해서 문단의 기대주가 될 줄 알았는데 현실은 기간제 노동자에 불과했거든요. 파트 타임 미술 교사로 일하며 월 100만 원을 겨우 벌었어요. 20대 후반과 30대를 내내 그렇게 살았어요.

간절히 독립하고 싶었지만, 능력이 없었어요. 부모님 집에 얹혀사는 게 미안하고 부끄러워서 괜한 짜증을 내기도 했어요. 엄마와 사이가 틀어져서 며칠간 한마디 안 하고 지내기도 했죠. 사춘기 꼬마나 할 짓을 서른 넘도록 반복했어요.

철이 없어서 그랬을까요? 아뇨. 나는 내 문제와 한계를 정확히 알고 있었어요. 그래서 더 괴로웠어요. 현실이 또렷해질수록 비참해졌거든요.

수백 대 일의 경쟁률을 뚫는 데 매번 실패했고, 성공한다 해도 경제적 안정을 기대할 수 없으며, 생계를 꾸려 나갈 직업이 없었으니까요.

내가 할 줄 아는 건 글 쓰는 것과 그림 그리는 것뿐이었어요. 유용한 기술이지만 취업엔 여러모로 불리했어요. 이대로는 안 될 것 같았어요. 다른 길을 찾아야만 했죠. 하지만 작가의 꿈은 포기할 수 없었어요.

"1년만 더 해 보자. 안 되면 1년 더 해야지. 10년 이상 투자해야 할지도 몰라. 지금껏 쏟아부은 시간이 있는데 인제 와서 그만둘 수 없어."

그즈음 '존재증명'이란 말을 가슴에 새기고 살았어요. 내 존재를 증명하는 건 글이고, 글을 쓰지 않는 난 아무 의미 없다고 생각한 거죠. 참, 글이 뭐라고. 그렇게 비장했나 몰라요.

지나간 내 서른 살보다 지금 당신의 서른 살은 훨씬 고되지 않을까 조심스레 짐작해 봅니다. 예전엔 SNS가 없었잖아요? 있어 봤자 MSN 메신저나 싸이월드 정도였죠.

SNS가 무조건 나쁘다는 게 아니에요. 어떤 사람에게 SNS는 흥미로운 소통 창구이자, 유일한 취미 생활일 거예요. SNS를 놓아 버리면 나와 세상을 연결하는 끈이 전부 떨어질 것 같은 불안이 있을지도 몰라요.

SNS에선 좋든 싫든 전시된 타인을 보게 돼요. 자연히 나와 비교도 되죠. 연예인처럼 수려한 얼굴, 늘씬한 몸매, 명품 가방, 수입차, 5성급 호텔이 실시간으로 당신을 콕콕 건드릴지도 몰라요. 평소엔 아무렇지 않다가도 불쑥.

"다른 사람들은 잘 먹고 잘사는데 나만 왜 이 모양일까? 언제까지 실패해야 하지?"

나도 날 둘러싼 모든 것을 원망했어요. 노력을 안 했으면 덜 억울했을 텐데. 진짜 열심히 했거든요. 적어도 남들 이상은 했거든요.

"난 뭐가 되든 될 거야. 내가 아니면 누가 성공하겠어? 운만 살짝 따라 주면 돼!"

그런데 운이 안 따라 줬어요. 내가 어디 있든 불운만 찾아오더군요. 수도 요금이나 건강 보험료처럼 꼬박꼬박.

형제자매와 친구들은 번듯한 직장에서 경력도 쌓고 돈도

모으는데 나는 여전히 작가 지망생에 불과했어요. 내가 상상한 서른 살은 이게 아닌데. 집은 없어도 직장은 있을 줄 알았는데. 그런 고민으로 잠을 설쳤죠.

하지만 남들 앞에선 괜찮은 척, 그럭저럭 잘 사는 척했어요. 걱정을 끼치는 게 죽기보다 싫었거든요. 위로도 필요 없고, 참견은 최악이었죠. 돌이켜 보면 좀 우울했던 것 같아요.

“그래도 언니는 꿈을 이뤘잖아요. 인기도 있고, 돈도 잘 벌잖아요. 언니는 날 이해 못 해요. 잘 모르면서 공감하는 척하지 마요.”

전부 맞아요. 난 당신을 다 이해할 수 없어요. 누구도 타인을 완전히 이해하는 건 불가능해요. 부모도, 형제도, 친구도, 연인도 날 다 몰라요. 나도 나를 잘 모르는데 누가 감히 날 알겠어요? 그저 짐작할 뿐이에요. 조금만 아프고, 덜 힘들길 바라며 시답지 않은 과거사를 늘어놓는 거랍니다.

‘나도 했으니 당신도 할 수 있다.’거나 ‘다들 힘든 세상이니 당신도 힘내라.’는 말은 하고 싶지 않아요. 그런 건 아무 의미 없어요. 왜냐고요? 당신에게 한 마디도 닿지 않을 테니까요.

더 많이 노력해도, 아무리 간절해도, 긍정적인 마음으로 살아도 원하는 결과를 얻지 못할 때가 있어요. 꿈을 이루는 사람보다, 도중에 포기한 사람이 훨씬 더 많아요. 어쩌면 운명은 우리보다 우리가 어쩔 수 없는 것들에 의해 좌우되는 걸지도 몰라요.

이 글은 사실 망설였어요. 원치 않은 이야기를 억지로 듣는 건 중노동이잖아요. 알맹이 없는 자기 자랑이라면 더 그렇고요. 그래도 쓰기로 한 건 당신에게 '어떤 순간'이 생기길 바라기 때문이에요.

지금부터의 글은 좀 사나우니까, 안 읽어도 좋아요. 읽고 무시해도 괜찮아요. 그 정도는 맘대로 해도 돼요.

"당신이 상상하는 최악은 뭔가요?"

내가 서른일 땐 아무것도 변하지 않고 마흔이 되는 게 무서웠어요. 집안의 골칫덩이로 전락하는 것, 누구도 반기지 않는 쓸모없는 사람이 되는 것. 그 최악보다 더한 현실이 닥친다면 그땐 어떻게 할 건가요? 당신이 상상했던 최악보다 더한 밑바닥이 있다면요?

변화도, 도전도, 시작도 힘들죠. 피할 수 있다면 피하고 싶어요. 하지만 못 피해요. 문제를 대신 해결해 주는 사람도 없어요. 어른이 된다는 건 그런 거예요.

당신의 고통과 불안을 부정하는 게 아니에요. 다음 단계로 넘어갈 때가 됐다고 말하려는 것뿐이지요. **너무 오랫동안**

한자리에 있지 않았나요? 언젠가 겪어야 할 일들을 미루진 않았나요? 그런 자신을 외면한 건 아닌가요?

당신의 진가를 알아보지 못하고, 미래도 기대할 수 없는 직장에서 하기 싫은 일을 해야 할지도 몰라요. 무식한 상사에게 꾸지람을 당할 수 있죠. 아무 잘못도 없이 고개 숙여야 하는 일들도 생길 거예요. 내가 아무것도 아니라는 모멸감을 견디면서요.

어떤 직업이나 그런 면이 있어요. 그래서 돈을 주는 거래요. 혹시 공부하는 게 직업처럼 여겨지나요? 학자가 아니라면 공부는 직업이 아니에요. 준비생이나 지망생일 뿐이지요. 누군가 당신을 위해 희생 중일지도 모르고요.

"그래서 어떡하라는 건데요? 꿈을 포기하라고요?"

꿈은 나중 문제예요. 당신이 앞으로 무슨 일을 하든, 무슨 꿈을 꾸든 1인분의 생활비를 벌어야 해요. 타인에게 그 일을 떠넘기면 안 돼요.

당신의 최소 생계비는 얼마인가요? 200만 원이라면 그 200만 원을 버세요. 100만 원밖에 못 벌겠다면 100만 원으로 생활할 수 있는 곳으로 가세요.

내가 전업 작가가 되기까지 버틸 수 있었던 이유는 한 달에 100만 원 정도는 꾸준히 벌었기 때문이에요. 재능? 노력?

성실함? 행운? 다 소용없어요. 최소 생활비를 벌어야 '내 인생 내가 알아서 해.'라고 말할 수 있어요.

생계비를 벌되 너무 많이 벌 생각도, 너무 잘할 생각도 하지 말아요. 어차피 잘 안 돼요. 남들보다 늦었으니 좀 더 힘들지도 몰라요. 그래도 괜찮아요.

사실 당신이 잘못한 건 없어요. 당신이 노력했다는 것, 그런데 잘 풀리지 않았다는 것도 잘 알아요. 그래서 더 마음 아파요. 실패란 사람을 황폐하게 만들거든요. 잘하던 것도 못하게, 둥글던 것도 날카롭게 만들어요. 심지어 천천히 말라 죽게 해요.

실패에서 단호히 빠져나오세요. 그 시절과 작별하세요. 아주 쉽고 사소한 일부터 시작해 보길 바라요. 당신의 서른 살이 어떻게 기억될지는 오직 당신의 선택에 달렸어요.

나이 좀 먹었다고 이것저것 참견해서 미안해요. 당신과 당신을 사랑하는 사람들을 떠올리며 썼어요. 닿지 않을지라도 온 마음을 담았어요. 부드럽고 순한 바람을 골라 당신의 발밑에 넣어 줄 수 있다면 얼마나 좋을까요? 지금보다 나은 곳으로 훨훨 날아갈 수 있도록.

부질없이 흘러간 시간은 없어요.

당신 안에서 때를 기다리고 있을 뿐이에요.

당신의 서른 살은 늦지도, 늙지도 않았답니다.

조금 지쳤겠지만, 밝은 쪽을 향해 걸어가세요.

그 첫걸음을 당신이 시작하길 빌어요.

완벽한 완벽주의자는 없더라고요

"완벽주의자라고요……?"

정신 건강과 의사의 말에 한쪽 눈썹을 추켜세웠다. 늘 덤벙대는 내가 왜 완벽주의자란 말인가? 스마트폰을 사자마자 박살내고, 현관문을 열어 놓고 외출하는 완벽주의자도 있나?

"완벽주의에도 여러 종류가 있거든요. 목표 지향적이라고 하셨지요? 목표도 과도하게 잡는 편이시라고요."

뜨끔해져서 시선을 돌렸다. 이번 달에도 빡빡한 일정 때문에 머리가 터질 것 같았다.

'월말까지 에세이 초고 완성하고, 소설집 원고 수정하고, 신작 웹소설 기획서를 담당자한테 보내야지. 아, 아르코 창작 기금도 신청하고 강의 ppt도 새로 만들까?'

목표는 항상 빠듯하게 세운다. 위염이나 아토피가 도졌다고? 집안에 행사가 있다고? 그게 무슨 상관인가? 목표를 세운 뒤엔 타협하지 않는다. 프리랜서가 한번 느슨해지면 끝장이니까 밀어붙인다.

목표를 달성하지 못하면 자괴감이 해일처럼 밀려온다. '네가 그러고도 작가야? 남들한테 열심히 살라고 할 자격 있어?' 우울과 불안에 시달리느니 쉬지 않고 달리는 편이 낫다.

"목표를 이루려고 애쓰는 게 나쁜 건가요?"

"전혀요. 다른 사람들은 부러워하죠. 선생님 같은 분들은 대체로 성실하고, 끈기 있어요. 그래서 높은 성과를 내시는 거고요."

나는 게임 스테이지를 클리어하는 것처럼 하나씩 목표를 이뤘다. 목표를 해치운 후엔 더 어렵고 힘든 목표에 도전했다. 꾸준하고, 자제력이 강한 것이 나의 가장 큰 장점이라고 생각했다. 당위성이 있으니 거리낌 없이 날 몰아붙였다. 몸과 정신이 피폐해지거나 말거나.

"일 말고, 평소 생활을 말씀해 보시겠어요?"

"매일 6,000보 걷고, 저녁 식사 후엔 유산소 1시간, 요가 1시간씩 해요. 요리는 일주일에 네 번 이상하고 배달이나 외식은 많아야 두 번? 정도예요. 영양소를 골고루 먹으려고 노력하고요."

"자기 관리를 열심히 하시네요."

"루틴이라 스트레스는 안 받아요. 하루하루 목표를 이루면 뿌듯하고 신나요."

의사에겐 말하지 않았지만 나는 매일 아침 몸무게와 허리둘레를 잰다. 몸무게가 늘어나면 간식을 안 먹고 유산소 운동량을 늘린다. 이게 강박인 걸까? 몇백 그램 빠지면 신나고, 조금 찌면 우중충해지는데.

"초등학생 때부터 뚱뚱했거든요. 살 빼란 이야기를 정말 많이 들었어요. 놀림도 당했고. 스무 살 때 15kg 정도 뺐어요. 10년 동안 55kg 이하를 유지했는데, 슬슬 살이 찌더라고요."

"나이가 들면서 어느 정도 살이 찌는 건 자연스러운 일이잖아요?"

"안 될 거야 없지만……."

거울 속 내가 마음에 안 든다. 어딘가 흐트러지고 무너져 보인다. 팔뚝이나 아랫배, 허벅지 안쪽의 묘한 둔중함이 싫다. 헐렁했던 재킷이 죄거나, 원피스 지퍼가 올라가지 않으면 가슴 한구석이 주저앉는다.

"본인이 잘 쉬는 것 같으세요?"

"누워서 멍하니 있는 게 제일 힘들어요. 여행 가면 쉬는 데 집중하죠. 하지만 시간을 알차게 써야 한다는 강박 때문에 무리하게 돼요."

"놀 때도 효율적으로 놀아야 한다는 거죠?"

"그래야죠. 일도 안 하고, 돈과 시간을 쓰니까요."

말하고 나니 뭔가 께름칙하다. 반도가 '넌 전생에 꿀벌이었을 거야. 하루 종일 뽈뽈거리잖아?'라고 했을 땐 모른 척했는데. 더 이상 외면할 수 없다. 강박적이라는 걸. 스스로 채찍질해 왔다는 걸.

"힘 빼고 느긋해지는 걸 연습하셔야 할 것 같아요. 번아웃이 오면 큰일이잖아요. 잘 아시죠?"

수개월 전, 심각한 번아웃에 시달렸다. 내가 모든 걸 잘못하고 있고, 망치고 있다는 생각에 잠을 이루지 못했다. 나 자신이 무의미하고 가치 없게 느껴졌다.

난 대체 왜 이럴까? 오랫동안 평균에 못 미친다는 피해 의식에 사로잡혀 살았다. 그래서 더 좋은 모습을 보여 주고 싶었다. 인간적으로나 사회적으로나 성장하고 싶었다. 과거와 달라졌다는 걸 증명하고 싶었다. 무언가 나를 갉아먹는다 해도.

정신 건강 의학과 전문의의 완벽주의자 유형에 대한 설명이다.*

첫 번째. 회피형 완벽주의자는 무언가 완벽하게 해내지 못

* <오늘도 시작하지 못하는 당신을 위해>, 윤동욱, 한빛비즈

할까 봐 두려워 모든 선택을 망설이고, 일을 미루거나 쉽게 시작하지 못하는 유형이다.

두 번째. 감독형 완벽주의자는 자신이 주어진 일을 완벽하게 소화하기 위해 늘 노력하고 어려움이 찾아와도 인내하며 끝까지 해내려는 유형이다. 타인 지향적 완벽주의 성향이 있다면 자신의 높은 기준을 타인에게 똑같이 적용해 주변인들을 고통에 빠뜨릴 수 있다.

세 번째. 자책형 완벽주의자는 타인의 기준을 자신의 기준보다 우선시하고 과정보다 결과를 중시해서 늘 불안감을 안고 살아간다. 이 유형의 사람들은 인정이나 사랑을 줄 대상을 찾아 헤매기도 한다고 한다.

네 번째. 인정형 완벽주의자는 기준을 자신에게 두고 있으며 평가할 때도 결과가 아닌 과정을 중시한다. 성장을 위한 도전을 피하지 않고, 심지어 즐길 수도 있는 유형이라고. 각 분야에서 높은 성과를 내는 고성과자high performer 대부분이 안정형 완벽주의자라고 한다.

저자는 순기능적 완벽주의와 역기능적 완벽주의를 구별해야 한다고 말한다. 우울, 불안, 강박을 느낄 수도 있지만 계획성, 성실함, 객관적 자기 평가를 활용하면 좋은 결과를 낼 수 있다는 것이다.

"세상에 100점짜리 남자가 어디 있니? 80점짜리다 싶으면 그게 100점인 거야."

괜찮은 남자가 없다며 하소연하는 친구에게 친구의 할머니가 해 주신 말씀이다. 100점짜리 남자도 없고, 100점짜리 삶도 없다.

남들에겐 100점이 아니어도 괜찮다고 하면서 나는 나에게 낙제점을 주고 있었다. 70점도, 90점도, 심지어 99점도 낙제로 쳤다.

여러 가지를 다 잘하는 건 불가능한데, 비합리적인 목표를 세우고 성공하지 못했다고 자책했다. 그렇게는 성공할 수 없다. 성공한다 해도 문제다. 그건 나를 사랑하는 게 아니라 미워하는 거니까. 진짜 내가 아닌 다른 나를 선망하면서.

내가 완벽주의자라는 걸 인정한 후 온종일 아무것도 안 하기에 도전했다. 달걀 볶음밥을 만들어 먹었고, 스릴러 책을 한 권 읽었으며, 여행 예능과 시사 정보 프로그램을 봤다. 예전이라면 '아무것도 안 하기'에 실패했다고 생각했을 거다.

"소파에 누워서 뒹굴거렸으니까 나름 선방했지. 뭘 더 잘해?"

나는 나를 더 사랑하는 연습을 하고 있다. 목표를 이루고, 성공하는 것보다 훨씬 더 중요한 일일지도 모른다.

완벽하지 않다고

가치 없는 건 아니에요.

열 개 중에 한 개만 잘해도 잘한 거예요.

사실 그것보다 훨씬 더 잘했을걸요?

나에게 유독 엄격한 사람이 되지 맙시다.

당신은 칭찬받을 자격 있는 사람이거든요.

뻔한 게
뭐 어때서

이번 마감은 망했다. 예감이 아니라 예언이다. 4월 말까지 탈고할 거라고 큰소리 뻥뻥 쳤는데. 한 달 내내 작업실에 틀어박힌다 해도 탈고는 불가능했다.

중간고사 과제도 채점해야 하고, 이사할 집도 알아보고, 유튜브 콘텐츠도 찍어야 했다. 근데 왜 이렇게 찜찜하지? 또 뭘 해야 하더라?

에세이 출간 기획서를 쓸 때만 해도 자신감이 가득했다. '이 원고는 무조건 터진다. 감각 있는 출판사라면 거절할 수 없지!' 작가라면 현실과 동떨어진 망상을 하고, 그 망상을 믿어 의심치 않는 오만함이 있어야 한다고 믿는다.

실제로 투고 메일을 보낸 지 반나절도 지나지 않아서 몇몇 출판사로부터 긍정적인 답신을 받았다. 와우. 그럴 줄 알았다니까! 점 찍어 놓은 출판사와 계약도 하고 계약금도 받았다. 마감 직전에 치명적인 문제가 생길 줄도 모르고.

"너무 뻔하고 진부해. 신선하지도 않고, 낯설지도 않아."

출력한 원고를 넘기며 입술을 물어뜯었다. 어디서 본 것 같은 판에 박힌 문장들이 흙탕물 뒤집어쓴 빨랫감처럼 널려 있었다. 초반에 쓴 꼭지는 그나마 괜찮았다. 뒤로 갈수록 에피소드가 난삽하고 지루했다. 흔해 빠진 구성에 시시한 교훈까지. 글이 잘 안 풀린다는 푸념까지 반복하고 있었다.

"인쇄소, 출판사, 아니 잉크 회사, 제지 회사, 대자연 모두에게 몹쓸 짓을 하게 되는 거 아닐까? 이딴 걸 읽는 독자는 무슨 죄야?"

억지로 쥐어짜는 느낌과 뭔가 잘못되고 있다는 위기감이 엄습했다. 키보드를 두드릴 때 손끝으로 느껴지던 쫄깃한 감각도 사라졌다. 이대로는 한 글자도 더 못 쓸 것 같았다. 아니, 쓰면 안 될 것 같았다.

"그동안 너무 무리했나 봐. 루틴 지킨답시고 다람쥐 쳇바퀴 돌 듯 살았잖아? 영감이 떠오를 때까지 푹 쉬자."

며칠 동안 노트북 근처엔 얼씬도 안 했다. 달력을 치우고, 참고 도서도 책장 아래로 옮겼다. 글감이 떠올라도 모른 체했다. 기발하고 강렬한 착상이 떠오를 때까지 숙성할 필요가 있으므로.

처음엔 노니까 좋았다. 쉬엄쉬엄 인생을 즐기다 보면 창조적 에너지가 끓어오를 줄 알았는데……. 나중엔 내가 노는 건지, 노는 척하는 건지 의심스러웠다. 어느 쪽이든 불편하고 불안하기는 마찬가지였다.

"계속 못 쓰면 어쩌지? 계약금만 돌려주면 될까? 그 돈은 다 어디 갔지?"

허겁지겁 노트북 전원을 켰다. 손목 보호대와 시력 보호 안경을 착용했다. 가습기로 습도를 조절하고, 향긋한 메밀차도 한잔했는데. "어떻게 쓰는 거더라……?" 내가 물었다.

"작가가 글을 어떻게 쓰냐니, 말이 돼? 장난칠 시간 없으니까 얼른 써!" 또 다른 내가 쏘아붙였다. 지지 않고 내가 답했다. "누군 쓰기 싫어서 안 쓰냐? 진짜 기억이 안 난다고!"

멀쩡하게 걷다가 오른 다리를 뻗어야 하는지, 왼 다리로 디뎌야 하는지 잊은 기분이었다. 걷는 법도 헛갈리는데 결승선은 코앞까지 다가왔다. 전력 질주해도 모자랄 판에 고꾸라진 걸까?

고개를 가로저으며 내가 다독였다. "너무 무리할 필요 없어. 평소 하던 대로만 해." 나는 그 말에 냉소할 수밖에 없었다. "글이 너무 뻔하고 진부하다니까? 작가란 사람이 그런 걸 세상에 내놓아도 괜찮다는 거야? 뻔한 위로 따위는 필요 없어!"

나의 날 선 반응에 내가 웃었다. 등골이 쭈뼛 설 만큼 구김 없고 환한 웃음이었다. "너는 네가 무슨 대작가인 줄 아니? 넌 우주의 티끌이야. 원고 팔아서 입에 풀칠하는 작가 나부랭이일 뿐이라고."

아무리 내게 하는 말이라지만 너무 심하지 않은가? 발끈하면 없어 보이니까 가라앉은 어조로 대꾸했다. "그게 힐링 에세이에서 할 말이니? 넌 특별하다, 너는 뭐든 할 수 있다, 힘을 줘도 부족한 판에." 그때 내가 피식 입꼬리를 올렸다.

"티끌에겐 티끌의 삶이 있는 거야. 작가 나부랭이면 어떠니? 차근차근 네가 할 수 있는 것만 해." "뻔해도 괜찮다는 거야?" "원래 뻔한 게 제일 어려운 거야. 똑같이 뻔한 것 속에서 너만의 뭔가를 찾아야 하니까."

인생도 클리셰란 걸까? 웹소설을 쓰다 보면 클리셰를 자주 다루게 된다. 강단에서도 마찬가지다. 독창적인 작품을 쓰고 싶다는 작가 지망생에게 늘 하는 조언이 있다.

"클리셰가 왜 클리셰인 줄 알아요? 사람들이 그만큼 좋아하니까 클리셰에요. 계속 반복하는데 그게 먹힌다는 거죠. 우리도 매번 같은 가게에서 배달시키잖아요? 새로운 맛에 도전하기도 하지만, 먹던 치킨이 제일 맛있잖아요. 클리셰를 피하는 게 개성이 아니라, 클리셰를 맛깔나게 쓰는 게 개성이에요."

우린 하늘이 내린 천재들을 자주 목격한다. 미디어는 그들의 찬란한 위업과 그에 환호하는 대중들을 실시간으로 중계한다.

가끔 '나도 천재 아닐까?' 기대를 품어 본다. 언젠가 기적이 찾아오지 않을까? 나도 몰랐던 재능이 빛을 발하지 않을까? 남몰래 두근거린다.

하지만 우주는 우주고, 티끌은 티끌이다. 다이아몬드와 모래알은 태생부터 다르다. 다이아몬드는 조금만 갈고 닦아도 번쩍번쩍 광채가 난다. 하지만 모래알은 뼈 빠지라 노력해도 파도에 쓸려 나가기 쉽다.

그렇다고 실망하거나 좌절할 것까지는 없다. 다들 모래알인 채로 살아간다. 모래알끼리 부대끼고, 모래알끼리 경쟁한다. 성공하는 사람도 모래알이고, 나가떨어지는 사람도 모래알이다. 사실, 파도에 쓸려간 다이아몬드도 꽤 있을 것이다.

쉽지 않은 게 당연하다. 하기 싫어서 몸이 뒤틀리는 것 또한 그렇다. 애니메이션의 거장 미야자키 하야오도 《바람 계곡의 나우시카 수채화집》에서 그리기 싫어서 억지로 그렸다는 코멘트를 여럿 남겼다.

거장도 그렇다는데 나는 다를 거라고 착각하지 말자. 그냥 하던 걸 계속하자. 다이아몬드보다 반짝이는 모래알로서.

우린 공부 잘하는 법도,

살 빼는 법도 다 알고 있어요.

아는데 실행하기 어려운 것뿐이죠.

어깨에 힘을 빼고

내가 할 수 있는 걸 해 봅시다.

완벽하지 않지만,

훌륭한 뭔가를 이룰 수 있을 거예요.

자존감도 유전이라던데?

자존감이 높아 보인다는 말을 자주 듣는다. 자존감을 어떻게 키우냐는 질문도 여러 번 받았다. '내가 너무 나댔나?' 싶어서 뜨끔하지만, 구김 없는 미소로 답한다.

"나까지 나를 안 좋아하면 누가 날 좋아해 주겠어요. 어차피 평생 살 거면 나랑 제일 친하게 지내야죠."

하지만 이 세상에서 날 가장 싫어하는 사람은 나였다. 외모, 성격, 습관, 체질 등 나를 구성하는 모든 걸 원망하고 미워하느라 숱한 시간을 낭비했다. 어디서부터 잘못된 걸까?

어려서부터 성장이 빨랐다. 전교에서 나보다 큰 여자아이가 거의 없었다. 초등학교 졸업 전에 165cm가 넘었으니 그럴만도 했다. 누구에겐 자랑일지 모르지만 나는 큰 키와 커다란 덩치, 일찍 시작된 2차 성징이 못 견디게 수치스러웠다.

반면에 그 시절 남자아이들은 여자아이들의 치마를 들추고, 속옷 끈을 잡아당기는 걸 부끄러워하지 않았다. 자신들이 마땅히 행사해야 할 특권쯤으로 여기는 듯했다. 어른들은 이해할 수 없는 너그러움으로 그들의 폭력을 방조했다.

'남자애들이 원래 짓궂잖니?', '너한테 관심 있어서 그런 거야.', '잠깐 그러고 말겠지. 네가 좀 참아.'

한여름에도 브래지어 끈이 보이지 않도록 티셔츠 위에 조끼를 덧입었다. 종아리에 돋은 털을 들킬까 봐 긴 바지를 입거나, 반 스타킹을 신었다. 그저 내 몸이 성장했을 뿐인데, 놀림거리가 됐다. 부당하다는 건 알지만 항변할 수 없었다. 어디서부터 잘못된 건지, 어떻게 대처해야 할지도 몰랐다. 그냥 내 몸이 싫었다. 남을 미워하는 것보다 나를 미워하는 게 더 간단했다.

머리를 짧게 자르고, 팔자걸음으로 걷고, 퉁명스럽게 욕설을 내뱉었다. 서투르고 거친 방식으로 나를 감췄지만, 왼쪽 귀만은 숨길 도리가 없었다.

'정상'인 오른쪽 귀와 달리 '비정상'인 내 왼쪽 귀는 크기가 작고 모양새도 어설펐다. 들리지도 않았다. 한쪽 귀를 못 쓴다는 걸 들키고 싶지 않았다. 누군가 눈치채면 민망함을 감추기 위해 분노했다.

“왼쪽 귀가 되게 특이하네?”

그 사소한 질문에 눈물이 터졌다. 치고받는 싸움도 여러 번 했다.

“어렸을 땐 뭐가 그렇게 서러웠나 몰라. 자세히 보지 않으면 티도 안 나는데.”

내가 투덜거렸다. 고등학교 입학식 날부터 지금까지 내 곁을 지킨 친구 지혜가 피식 웃었다.

“머리를 길러서 가리지 그랬냐?”

“그러긴 또 싫더라고.”

“열 받아서 주먹으로 벽도 때리고 그랬지. 피 났던 거, 기억나?”

지혜가 잊고 싶은 일화를 들먹였다. 오랜 친구는 이게 문제다. 지우고 싶은 흑역사를 나보다 잘 아는 사람이 있다는 것.

“내가 나여서 겪어야 하는 불편함이 싫었거든. 남에겐 없는 약점이 있다는 것도.”

한쪽 귀가 들리지 않는 사람들이 대개 그렇듯 나는 소리가 어느 방향에서 흘러드는지 모른다. 옆에서 하는 말도 해독하지 못할 때가 많다. 우리나라 영화, 드라마도 자막을 켜야 마음이 놓인다. 특정 소음에 민감해서 화들짝 놀라는 일도 잦다.

큰 불편은 없지만 항상 신경을 곤두세워야 하는 상태. 사춘기 시절에는 심각한 장애가 아닌 걸 고맙게 생각하라는 충고조차 고까웠다.

'잘 못 들었는데 다시 말씀해 주실래요?'

그 한마디를 못 했다. 아니, 하기 싫었다. 오갈 곳 없는 스트레스를 꽈배기, 햄버거, 냉동 만두, 츄파춥스로 풀었다. 몸무게가 70kg을 넘었다. 성적은 급하락했다. 자존감은커녕 그 비슷한 것도 주워 담을 수 없는 상황이었다.

자존감이란 뭘까? 정신과 의사 윤홍균 원장은 저서 《자존감 수업》에서 '자신을 어떻게 평가하는가, 얼마나 자신을 사랑하고 만족하고 있는지에 대한 지표'라고 말한다.

자존감에는 세 가지 기본 축이 있는데, 순서대로 자기 효능감은 '어떤 상황에서 자신이 적절하게 행동할 수 있다는 기대와 신념을 뜻한다.'라고 한다. 그는 '자기 조절감이란 내 인생을 내가 원하는 대로 이끌어 나갈 수 있다고 생각하는 정도.', '자기 안전감은 말 그대로 안전하다고 느끼는 정도를 뜻한다.'라고 덧붙였다.

무엇 하나 간단하지 않은 능력이다. 나를 싫어하는 사람들에게는 특히 그렇다. 나를 사랑하지 못하는 사람은 외롭다. 친구들과 함께 있을 때도 그렇다.

"나도 날 싫어하는데 누가 나를 진심으로 좋아할까? 내 진짜 모습을 알게 되면 저 사람도 떠날 거야. 나는 혼자가 될 테고."

잘못된 믿음은 비틀어진 확신으로 굳어 간다. 늘 위축되어 있어서 타인의 말 한마디에 민감하게 반응하고 쉬 상처 입는다. 잘해 보려다가 선을 넘고 관계를 망치기도 한다.

나를 미워함 → 타인 의심 → 예민과 분노 → 관계를 망침 → 상처와 자책 → 내가 더 미움

나는 오랫동안 이 망가진 쳇바퀴를 빙글빙글 돌았다. 귀를 떼어 내고 인공 고막을 다는 청력 재건술을 받았지만, 왼쪽 귀는 여전히 들리지 않았다. 하지만 예전처럼 왼쪽 귀를 미워하지 않는다.

"어떤 전시회였어. 전시 포스터가 누군가의 귀 사진이었지. 거기 큐레이터가 내 왼쪽 귀를 보고 깜짝 놀라는 거야. 자기가 찾던 귀가 이런 귀였대."

내가 말했다. 지혜가 좀 알아들을 수 있게 설명해 보란 표정을 지었다.

"독특한 형태의 귀를 찾았다나? 날 너무 늦게 만났다고 아쉬워하더라. 내 약점이 누군가에게 영감을 줄 수 있다는 게 신기했어. 그때 처음 생각한 것 같아. 못생기고 어설퍼도 나만의 무늬가 될지도 모른다고."

"아. 네 필명이 그래서 무늬인 거야?"

단점을 애써 장점으로 만들고 싶진 않다. 그게 가능한지도 모르겠다. 하지만 있는 그대로를 인정하는 것만으로 충분할 때가 있다. 눈에 불을 켜고 찾아 보니 나도 단점만 있는 사람은 아니었다. 이건 잘하고, 저건 못한다. 이건 잘났고, 저건 후졌다. 보통의 사람들이 그렇듯이.

"다들 아무것도 선택하지 못하고 태어나. 국적, 집안, 외모. 내가 결정할 수 있는 게 없어. 그것들이 인생을 좌우하는데. 같은 환경, 부모 밑에서 태어나도 또 달라. 우리 사 남매가 얼마나 제각각인지 너도 알지?"

"네가 제일 특이하다는 건 알지."

지혜가 기회를 놓치지 않고 꼬집었다. 눈을 흘긴 후 말을 이었다.

"체력도, 성격도, 성적도 다 유전자 때문이라잖아. 성실함도 재능이고, 요즘엔 행복도 재능이라데?"

"틀린 말은 아니지."

"어쨌든 남 탓은 못 한다는 거야. 부모 탓도 곤란하고. 너희 어머니께서 너 같은 자식이 나올 줄 아셨겠니? 알면 낳으셨겠냐고? 우리 엄마도 마찬가지였겠지만."

지혜가 동의의 뜻으로 웃었다. 나도 실없이 웃었다.

"내 탓도 너무 피곤해. 사는 것도 빡빡한데 무슨 내 탓까지 해. 헤어질 수 없으니까 정을 붙여 보자는 거야. 다양한 방법으로."

이 글을 쓰는 내내 한 사람이 마음 쓰인다. 내 왼쪽 귀를 나보다 더 애달파 하는 사람이다.

"어른들이 임신부가 있는 집을 고치면 기형아가 태어난다고 했어. 구들장을 고치지 말았어야 했는데 그해 겨울이 너무 추워서……."

엄마는 내 왼쪽 귀를 보고 얼마나 가슴 철렁했을까. 작게 오그라붙은 귀를 잡아당기며 얼마나 많은 기도를 올렸을까.

지금의 나보다 훨씬 어린 엄마가 갓난아기를 끌어안고 노심초사했을 걸 생각하면 숨골이 빼근하다.

나는 왼쪽 귀를 귀여워해 주기로 했다. 남들은 듣지 못하는 소리에 귀 기울일 수 있도록. 그런 작가로 살아갈 수 있도록.

우린 각자 고유해요.

다를 수 있어도 틀리진 않아요.

약간 못났으면 또 어때요?

내가 이렇게 태어났다는데.

자존감? 어렵지 않아요.

뻔뻔하고 당당하면 반은 이룬 거예요.

무너진 꿈 위에서 눈사람을 굴려요

작가는 언제 불안할까? 좋은 소재가 떠오르지 않을 때. 소재는 좋은데 안 써질 때. 겨우 썼더니 구릴 때. 그래서 고쳤더니 태우지도 못할 쓰레기가 됐을 때.

많은 작가가 초반보다 후반 작업을 어려워한다. 신나게 뿌려댄 떡밥을 회수해야 하고, 강렬한 클라이맥스를 때려 줘야 하며, 개연성과 감동도 버무려야 한다. 완결이라고 끝이 아니다. 편집자의 의견을 듣고 수정하는 과정이 필요하다. 오타를 잡고, 설정 오류를 점검하고, 민감한 표현은 삭제하며 1교, 2교, 3교, 최종교, 최최종교…….

나는 1년에 웹소설 장편을 1종을 쓴다. 최소 백만 자, 이백 자 원고지 오천 매 분량이다. 종이책으로 펴내면 5권에 다 담기려나 모르겠다. 이 장편이 주 수입이므로 완결 즈음이 되면 불안과 짜증이 최고조가 된다.

"런칭 일정이 미뤄지면 어쩌지? 잘 안 팔리면 어떡하지? 별로라고 입소문 나면? 악플만 달리면?"

초반 설정을 몽땅 갈아엎느라 속앓이한 적도 있다. 네이버 정식 연재는 '웹소설 계의 서울대'라고 불릴 만큼 입점하기 어려운 플랫폼이다. 매니지먼트사를 끼지 않은 작가가 직접 투고해서 성공하기는 더 어렵다고들 한다.

나는 데뷔할 때부터 네이버 정식 연재 작가가 되고 싶었다. 그렇게만 되면 돈방석에 앉는 건 시간문제인 줄 알았다. 도전하고, 실패하고, 다음 해에 도전하고, 또 떨어지고, 다시 도전하길 반복하다가 기회를 얻었다. 원고와 시놉시스를 수정하면 재심사 기회를 주겠다는 내용이었다.

실망했냐고? 설마! 데뷔 6년 만에 한 발짝 다가간 꿈이었다.

"A 설정이 독자들에게 오해를 일으킬 것 같은데 수정 가능하실까요?"

"물론이죠. 당장 삭제하겠습니다!"

"B 캐릭터가 꼭 여주인공의 남편이어야 할까요?"

"약혼자로 바꿔야죠!"

마루를 뒤엎고, 서까래와 지붕을 뜯어낸다고 해도 상관없었다. 그렇게 한두 번만 더하면 통과할 줄 알았다. 고치고 피

드백 받고 다시 고치며 몇 달이 흘러갔다. 1~5화 원고를 몇 번이나 다시 썼는지 모르겠다. 그런데도 네이버 정식 연재에 들어갈 수 있는지, 없는지 모르는 상황이었다.

"그냥 포기하고 싶어. 집어치우고 산에 들어갈까 봐."

원고가 또다시 반려되었을 때, 심각한 번아웃에 시달렸다. 멍하니 앉아있거나, 티브이 화면을 보다가도 눈물이 줄줄 흘렀다. 먹기도 싫고, 자기도 싫고, 쓰는 건 더 싫었다.

"나 정도면 꽤 쓰는 줄 알았는데, 완전 똥손이었나 봐……."

고치다 보니 내 작품이 아니었다. 작가로서의 자신감은 땅에 떨어졌다. 내가 한심하고 미웠다. 다시 시작할 수 없으리란 두려움. 해도 안 될 것 같은 불안. 낭비한 시간에 대한 후회. 거듭된 실패가 불러온 폐허였다.

그러다 소설가 황정은의 에세이 《일기》를 읽었다. '우리가 어릴 적에 만든 눈사람은 저렇게 꼬질꼬질했지.'라는 문장을 읽는데 가슴이 온통 환해졌다.

어려서부터 나는 눈사람 만드는 걸 좋아했다. 지금도 겨울이면 호시탐탐 기회를 노린다. 스노우 장갑, 눈삽, 조각용 칼과 눈사람의 눈,코,입(검은 자갈 혹은 소주 뚜껑을 검은 매직으로 칠한 것)을 차에 싣고 다니기도 한다.

"올해는 진짜 큰 눈사람을 만들어야지!"

하지만 눈은 잘 오지 않는다. 왔다 해도 금방 녹거나 치워진다. 갑작스레 눈이 쏟아졌을 땐 꼭 장갑이 없다. 감기 기운이 있거나, 너무 바빠서 짬이 안 나기도 한다.

눈이 소복이 쌓였다고 매번 눈사람을 만들 수 있는 건 아니다. 건조한 눈은 잘 뭉쳐지지 않는다. 물을 뿌려서 다져 봐도 소용없다. 눈사람을 만들다 보면 깨닫는다. 눈이라고 다 같은 눈이 아니라는 걸.

꿈을 꾸는 건 눈사람 만들기와 비슷하지 않을까? 기회는 드물고, 성공하긴 어렵고, 남의 눈엔 시간 낭비처럼 보이니까.

"그걸 아직까지 붙들고 있어? 정신 차리고 생산적인 일을 해 봐. 너도 제 앞가림은 해야 할 나이잖아?"

무례한 참견을 들을 때마다 울컥한다. 앞가림도 하고, 눈사람도 만들면 안 돼? 남한테 피해 주는 것도 아닌데.

눈사람을 좋아하는 사람들은 펑펑 내리는 눈을 모른 척하기 어렵다. 두툼하게 쌓인 눈을 보면 심장이 요동친다. 이번엔 정말 잘 만들 수 있을 것 같으니까.

꾸덕꾸덕한 눈이 잔뜩 쌓였다면 핫팩, 발열 내복, 롱패딩으로 무장하고 너른 공터로 향한다. 눈사람 좀 굴려 본 사람이라면 공감하겠지만 동그란 형태를 잡는 게 생각만큼 쉽지 않다. 눈덩이는 금방 진흙탕에 뒹군 들개처럼 얼룩덜룩해진다.

커다란 눈덩이를 만들었다 해도, 혼자 힘으론 눈사람 몸통 위로 머리를 들어 올릴 수 없다.

그래서 내가 만든 눈사람은 작고, 꼬질꼬질하고, 울퉁불퉁하다.

'열심히 했는데 왜 이것밖에 안 되지? 너무 큰 욕심이었을까? 나는 이만큼 밖에 안 되는 사람 아닐까?'

간절한 꿈이 이루어지지 않을 때 우린 쉽게 무너진다. 시간을 오래 투자했다면, 있는 힘껏 노력했다면, 다른 기회를 포기했다면 더 그렇다. 멀쩡할 수 없다. 아무렇지 않으면 그게 비정상이다.

눈사람은 눈에 잘 띄고 쉽게 부서진다. 스무 살 무렵 동생들과 함께 만든 3단 눈사람도, 서른 후반 친구들과 만든 강아지 눈사람도 다음 날 부서졌다. 파괴적인 욕구를 제어할 줄도 모르고, 다른 사람의 정성을 하찮게 여기는 놈들이 한 짓일 거다.

부서진 눈사람의 흔적을 발견하는 건 슬프고 야속한 일이다. 결과만 놓고 보자면 부질없는 짓이다. 하지만 정말 그럴까?

눈사람이 사라졌다고 내 기억까지 사라지는 건 아니다. 눈을 기다리는 설렘. 하얀 눈밭으로 뛰쳐나가는 흥분. 한겨울에

땀을 뻘뻘 흘리는 몰입. 내가 해냈다는 희열. 그 모든 것이 차곡차곡 쌓인다. 그것들은 금방 녹아 버리거나, 쉽게 허물어지지 않는다. 사라져 버릴 걸 알면서도 반복하는 용기와 실행력은 아무나 가질 수 있는 게 아니다.

꽃피는 봄날은 짧다. 시베리아 북풍을 머금은 겨울은 점점 더 길어진다. 춥고 힘들 땐 지금껏 만든 눈사람을 떠올려 보자. 두툼한 장갑과 더 많은 핫팩을 준비하자. 그 시간이 추운 겨울을 버텨 낼 힘이 된다. 내 가슴 속에서 알록달록 색깔 전구를 두른 크리스마스트리처럼 반짝거린다.

수정을 거듭했던 작품은 결국 네이버 정식 연재로 런칭됐다. 성적은 만족스럽지 않았다. 아쉬움이 짙게 남았지만, 그 과정에서 정말 많이 배웠다. 나는 조금씩 성장하고 있고, 앞으로도 그럴 거라는 자신감도 생겼다.

내 인생에서 몇 개의 눈사람을 더 만들 수 있을까? 몇 번의 겨울을 견디고 얼마나 찬란한 봄을 맞을까. 겨울이 깊을수록 봄꽃은 향기로우리라 믿는다. **삶의 모든 순간이 봄날은 아니겠지만, 춥기만 한 겨울은 없다고 믿는다. 견디고, 익히고, 성장해 나갈 테니까.**

눈사람 못 만들었다고,
겨우 만든 눈사람이 허물어졌다고
아쉬워하지 마세요.
다시 만들면 돼요.
안 되면 내년 겨울을 기다려 봐요.
내 상상만큼 크고, 하얗고,
동그랗지 않아도 괜찮아요.
눈사람은 원래 꼬질꼬질한 거예요.
그래서 더 사랑스럽고 가치 있는 걸지도 몰라요.

풍랑에 배 띄우지 않는 용기

골프장 캐디로 일한 지 6개월 될 즈음 노수에게 고백했다.

"언니, 진짜 미안해. 더는 안 되겠어."

얼굴 전체를 가리는 챙 넓은 모자를 푹 눌러썼다. 요구르트 색 유니폼에 흰 장갑을 낀 노수가 가볍게 고개를 끄덕였다.

"괜찮아. 몸이 제일 중요하지. 치료 잘 받고 푹 쉬어."

노수와 나는 같은 지역에서 같은 고등학교, 같은 미대 입시 학원에 다녔다. 노수가 나보다 한 학년 선배였는데 학원엔 내가 먼저 다녔다. 나와 똑같은 세일러 교복을 입은 노수를 처음 봤을 때 낯선 충동을 느꼈다.

'재 너무 귀엽다. 친해지고 싶다. 친해져야지.'

나이 차는 중요하지 않았다. 뽀얀 피부에 갈색 머리칼의 예쁜 소녀와 친구가 되고 싶었을 뿐이다. 그때나 지금이나 마음씨 고운 노수는 옆에서 얼쩡거리는 키 큰 여학생을 내쫓지 않았다.

우리가 같은 대학교에 진학한 것은 우연일까, 운명일까. 노수가 1년을 휴학하면서 대학 시절 내내 함께 지냈다. 노수는 공예과, 나는 서양화과로 전공은 달랐지만 서로의 작업실에서 밤을 새우며 졸업 전시를 준비했다. 하지만 졸업 후가 진짜 문제였다.

노수는 대학원 진학을 원했으나 학비가 부족했다. 나는 전업 작가가 되기 전까지 생활비를 마련하고 싶었다. 그때 혹하는 광고문을 발견했다.

「학력 무관. 초보자도 월수입 오백. 전문직 캐디를 모집합니다!」

캐디가 돈을 그렇게 잘 벌어? 그럼 무조건 해야지! 혼자는 불안해서 노수의 옆구리를 찔렀다. 긍정적이고 겁 없는 친구가 있다는 건 복 받은 일이다.

"오래 일할 사람이라고 믿고 뽑을게요. 캐디 뽑고 교육하는데 돈 많이 들어요."

"시켜만 주시면 열심히 하겠습니다!"

캐디는 내가 어렴풋이 상상했던 것보다 훨씬 전문적인 직업이었다. 골퍼 옆에서 '회원님, 나이스 샷!'만 외치는 캐디는 없다. 골프에 대한 이해, 경기 진행, 동체 시력, 거리 측정 능력, 서비스 마인드 모두를 갖춰야 했다. 골프공도 만져 본 적 없는 초보가 쩔쩔매는 건 당연한 일이었다.

돈은 제법 벌었다. 새벽 3시 반에 출근해서 해가 진 뒤에야 퇴근했는데 언제 돈을 쓰겠는가? 23살, 그럭저럭 버티던 몸이 무너지기 시작했다.

무슨 짓을 해도 안 빠지던 살이 쭉쭉 빠졌다. 머리카락도 한 움큼씩 날아갔다. 위염, 구내염, 관절염, 치질과 피부 소양증이 겹쳐지자 잠조차 이룰 수 없었다.

쉬는 날은 한 달에 두 번. 길면 하루 15시간 이상씩 골프장을 누볐다. 도저히 못 하겠는데 그만두겠다는 말이 떨어지지 않았다. 베테랑 선배들의 눈에는 의지박약의 어린애로 보였을 것이다.

"캐디 아무나 하는 줄 알았구나? 딱 보니 금방 그만둘 것 같더라니."

"이기적으로 굴지 마. 네가 빠지면 다른 언니들이 더 힘들어지잖아."

캐디가 되라고 등 떠민 사람은 아무도 없었다. 인력 사무소에 찾아간 것도, 면접에 통과한 것도, 몇 개월에 걸친 교육을 받은 것도 나였다. 정신력과 열정만 있으면 될 줄 알았다. 하지만 아니었다. 그걸 인정하는 게 제일 힘들었다.

한 대학에 인문학 특강을 갔을 때 이런 말을 한 적 있다.

"제주도 여행을 마치고 밤 비행기를 탔어요. 새까만 바다에 집어등을 켠 고깃배들이 별처럼 반짝이더라고요. 고요하고 아름다웠어요. 해안 가까운 곳엔 배가 오밀조밀 모여 있더군요. 드물지만 진짜 먼바다까지 나간 배도 있었고요.

어떤 배가 고기를 가장 많이 잡았을까요? 제일 멀리 간 배? 집어등이 가장 밝은 배? 저는 운 좋은 배가 제일 많이 잡았을 것 같아요. 뭐니 뭐니 해도 운이 최고잖아요.

먼바다에 나가려면 실력도 필요하겠지요. 배도 크고 튼튼해야 할 거예요. 제일 멀리 나가서 가장 많이 잡겠노라는 자신감도 있어야겠죠.

실력, 경험, 패기도 좋지만 저는 풍랑에 배를 띄우지 않는 용기도 필요하다고 생각해요. 오늘은 바람이 많이 부는구나. 가지 말자. 고기는 못 잡겠지만, 쉬어 가자. 그런 용기 말이에요. 밤바다를 빛내는 고깃배의 수보다 어부가 안전히 돌아오길 바라는 가족들이 더 많잖아요.

우리가 풍랑을 읽는 눈을 익혔으면 좋겠어요. 오늘은 아

니다. 피해 가자. 그렇게 배를 띄우지 않는 것도 선택이라는 걸 기억해 주세요. 모두의 안전과 안녕을 위해."

남자들은 군대 다시 가는 꿈을 평생 꾼다던데, 나는 아직도 골프장 꿈을 꾼다. 한겨울에 식은땀을 뻘뻘 흘리며 골프채를 끼고 뛰어다니는 꿈이다. 피로에 찌든 하루보다 무례한 골퍼들의 희롱과 멸시가 더 지독한 악몽으로 돌아온다.

그것은 내가 한 번도 경험한 적도 없고, 누가 가르쳐 준 적도 없는 풍랑이었다. 친절한 사람도 많았다. 하지만 그들은 꿈에 나오지 않는다. 옅은 기억 속에서 무심하게 반짝일 뿐.

캐디라는 직업을 깎아내릴 의도는 전혀 없다. 누군가에게 캐디는 최고의 직업일 거다. 노수는 나보다 훨씬 오래 일했다. 대학원을 졸업하고 미술관 큐레이터가 되었다. 사직서를 품속에 넣고 제2의 인생을 준비하고 있지만, 나는 내 친구가 미술관에서 일한다는 게 자랑스럽다.

특강이 끝난 뒤 이런 질문을 받았다.

"친구들과 저를 자꾸 비교하게 돼요. 저만 뒤처지고 있다는 생각에 괴롭고요. 이것도 풍랑일까요? 이럴 땐 배를 띄우지 말아야 하는 걸까요?"

나는 모두가 남과 똑같을 수 없다고 대답했다. 자기만의 속도를 찾을 것을 권했다. 집으로 돌아오고 나니 부족했던 대답이 마음에 걸려 잠이 오질 않았다. 짧은 캐디 시절 주워들은 말이 있다.

'중요한 건 거리가 아니라 방향이다.'

많은 골퍼가 공을 멀리 치려고 욕심을 부린다. 하지만 방향이 틀어지면 공은 페어웨이를 벗어나거나 해저드에 처박힌다. 더 먼 곳에서 더 오래 헤매야 한다는 뜻이다.

자존심 때문에, 남의 눈치가 보여서, 미안해서 기타 등등. 내가 골프장에서 버텼다면 어땠을까? 별로 상상하고 싶지 않다. 나는 골프장에서 번 것보다 훨씬 많은 돈을 치료비로 썼다. 그때 망가진 골반은 지금도 아프다.

하지만 후회하지 않는다. 여전히 캐디 시절을 무용담처럼 이야기한다. 무모했던 젊음과 그때만 할 수 있었던 도전, 최선을 다해 흘린 땀과 회항에 대하여.

어떤 풍랑을 피하고,

어떤 풍랑과 싸워야 하는지 우린 잘 몰라요.

같은 바람이라도 누구에겐 미풍이고,

누구에겐 허리케인일 수 있잖아요.

몸과 마음이 지쳤을 땐

평소에 잘 견디던 바람에도 쓰러지곤 해요.

바람에 견디는 것보다

바람을 읽는 연습을 더 많이 하세요.

꾸준히 나아가고,

안전히 돌아올 수 있도록.

PART 3

망한 관계도 심폐소생이 필요합니다

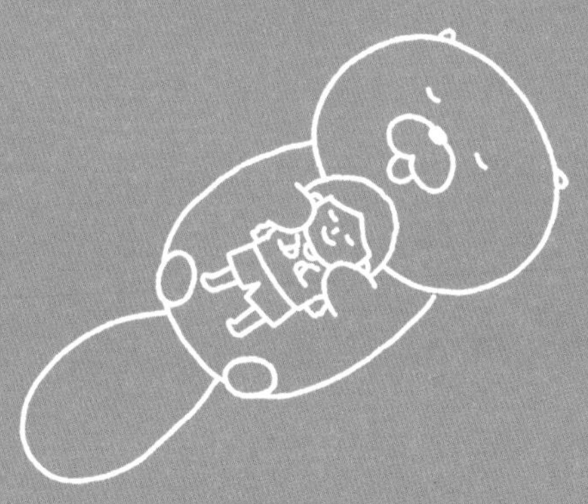

낡은 인연에 얽매이지 마세요

망한 관계는 끊어 내야

비로소 나 자신을 챙길 여유가 생긴답니다

당신이 좀 더 행복했으면 좋겠어요

망한 관계는
신호를 보낸다

이상한 사람은 어딜 가나 티가 난다. 감정을 조절할 줄 모르거나, 무례한 말을 거리낌 없이 내뱉는다. 책임질 마음도, 수습할 능력도 없으면서 크고 작은 문제를 일으킨다. 그런 사람은 최대한 피하는 게 상책이다. 가족이라 할지라도.

나쁜 사람은 아닌데, 나랑은 안 맞는 사람도 있다. 일부분을 제외한 나머지가 괜찮다면 적당히 거리를 유지한다. 어쩌면 나 자신도 타인에게 그런 사람일지도 모른다.

'우리가 왜 이제야 만났을까!' 잃어버린 영혼의 반쪽을 찾은 것처럼 애틋한 사람도 있다. 좋은 관계를 쭉 이어가면 좋으련만, '어? 뭐지?' 하는 순간이 오기도 한다.

촉은 단순한 느낌이 아니다. 경험으로 쌓인 인생의 빅 데이터다. 촉이 발동한다면 정신을 바짝 차려야 한다. 데이터베이스가 경고 메시지를 보낸 거다.

손절하자니 애매하고, 관계를 이어가기엔 꺼림칙하다고? 내 경험이 사소한 힌트가 되었으면 좋겠다.

scene 1. 나에게만 좋은 사람 A

A는 착하고 다정한 친구였다. 세심한 배려에 몇 번이나 감동했는지 모른다. 이상했던 건 그런 A에게 나 말고 다른 친구가 없다는 거였다. 꾸준히 관계를 유지해 온 동료도, 연락을 주고받는 고등학교 동창생도 없었다.

A의 결혼식은 친인척과 부모님 지인들로만 가득했다. '어린 나이도 아니고, 사회생활을 안 한 것도 아닌데 왜 지인이 없지? 낯을 가리는 성격이라 그런가?' 뭔가 쎄 했지만 무시했다.

"A는 네가 생각하는 것만큼 괜찮은 사람이 아니야. 한번은 이런 일이 있었는데……." A의 옛 지인들은 대체로 A를 싫어했다. 에둘러 A를 조심하라는 사람도 있었고, 일화를 상세히 설명한 사람도 있었다. 모두 A와 관계를 단절한 사람들이었다.

"뭔가 오해가 있었겠지. 사실이면 또 어때? 내 친구가 나한테 좋으면 그만이지. 나도 A에게 잘하니까 아무 문제 없을 거야." 그땐 내 판단이 옳다고 믿었다. A와의 관계에도 자신 있었다. 어이없는 일로 A에게 뒤통수를 대차게 맞기 전까지.

험담을 주의 깊게 들으라는 말이 아니다. 분위기에 휩쓸려 친구를 의심하라는 것도 아니다. 오직 내게만 좋은 사람은 없다는 거다.

나는 한 존재를 새롭게 태어나게 할 만큼 특별한 사람이 아니다. 다른 관계에서 문제를 일으킨 사람은 비슷한 문제를 또 일으킬 확률이 높다. 나한테 살갑다고 그 점을 외면하지 말자.

scene 2. 한없이 불투명한 B

B는 첫 만남부터 내게 호의적이었다. 호들갑스러운 칭찬으로 날 띄워주기도 했다. B는 어린 나이에 남들이 부러워할 만한 성과를 낸 사람이었다. 인맥도 넓고, 지적이고, 자신감 넘치는 B가 대단하다고 생각했다. 우리는 꽤 오랫동안 안부를 주고받았다.

B에겐 변덕스러운 면이 있었다. 어떤 날엔 둘도 없는 친구처럼 굴다가, 어떤 날엔 고개만 까딱인 후 돌아서는 식이었다.

'내가 뭘 실수했나? 기분 나쁜 일이 있었을까?' 의아했지만 캐묻기도 멋쩍었다. B가 다시 친근하게 다가와도 내 안의 물음표는 지워지지 않았다.

여럿이 있을 땐 괜찮았지만, B와 단둘이 남으면 시계 초침 소리가 도드라질 만큼 어색해졌다. 피상적인 문답을 주고받다가 침묵에 빠지길 여러 번. 대화를 이어가기 위해 기를 쓰다 보면 이상하게 기운이 쏙 빠졌다. 어설픈 핑계를 대고 자리를 뜰 때의 허탈함이란.

돌이켜 보니 B는 내게 '떠보는' 질문을 자주 던졌다. 하고 싶은 말은 따로 있는데 주변만 슬쩍슬쩍 긁는 느낌이랄까. 일이 너무 힘들다는 둥, 자신은 아무것도 아니라는 둥 푸념을 늘어놓으면서도 제 성과를 칭송해 주길 바랐다.

은연중에 자신과 날 비교하며 깎아내리기도 했다. 물론 직설적으로 표현한 적은 없다. 은근하고도 발랄한 어조에 숨긴 B의 본심을 나는 여전히 모르겠다.

'뻔히 알면서 왜 모르는 척하는 거지?', '왜 자꾸 말이 바뀌어?' B의 한 마디를 해석하기 위해 몇 배의 에너지를 쏟아부어야 했다.

B가 그만큼 가치 있는 사람일까? 있다 한들 정리하는 편이 낫지 않을까. 솔직하지 않은 사람, 겉과 속이 다른 사람, 단둘이 있을 때 불편한 사람을 상대하는 것은 몹시 피로한 일이다.

scene 3. 자신의 배려를 왜 몰라주냐는 C

C의 말버릇은 '난 아무거나 괜찮아.'였다. "우리 어디서 만날까?" "너 편한 데서." "우리 뭐 먹을까?" "너 먹고 싶은 거." "여름휴가 같이 갈까?" "좋아. 난 아무 데나 괜찮으니까 네가 골라."

C는 싫다거나 별로라는 말을 하지 않는다. 뭐든 다 좋단다. 그냥 좋은 것도 아니고, 너무 좋단다. 좋다니까 진짜 좋은 줄 알았는데 나중에 딴말을 한다.

"나 사실 되게 힘들었거든? 널 위해서 참았던 거라고!"

내가 언제 참아 달라고 했나? 다 좋다는 사람 눈치 보는 게 얼마나 어려운데. 억울함과 황당함에 휘청거릴 때쯤 C가 마지막 펀치를 날린다.

"그동안 왜 말 안 했냐고 묻지 마. 난 충분히 티를 냈어. 너한테 다 맞춰 줬는데 이기적이고 독선적인 네가 무시한 거야."

C 같은 사람들은 관계를 위해 혼자만 노력한 줄 안다. 모든 선택을 남에게 미뤄 놓고 희생이라고 주장한다. 자신은 착하고 공정한 사람이라고 믿어 의심치 않는다. 파국적으로 관계를 정리해 버리기도 한다. 상대의 감정은 고려 대상이 아니다.

C는 전형적인 회피형 인간이다. 사랑받고 싶은 마음과 버림당할지도 모른다는 두려움에 휩싸여 본심을 숨긴다. 혼자

인내하고, 혼자 실망하고, 혼자 상처받고, 남 탓까지 한다.

성인이라면 자신의 의사를 말할 줄 알아야 한다. 자신의 문제를 남 탓으로 돌리는 사람에겐 미련 두지 말자. 죄책감을 가질 필요도 없다. 우린 독심술사가 아니니까.

떠날 사람은 온몸으로 막아도 떠난다. 억지로 이어 붙인 관계는 살랑바람에도 뜯겨 나간다. 남에게 맞추려고 귀한 시간과 에너지를 허비하지 말자. 내 인생에서 가장 소중한 사람은 나다.

나와 더 많은 시간을 보내자. 보송보송한 침대에서 푹 자고, 내가 좋아하는 걸 먹고, 꽃이 피는 들판을 산책하자. 그게 내 영혼을 더 씩씩하고 우아하게 만들어 준다.

이 사람 저 사람 잘라 내다가

외톨이가 될까 봐 걱정돼요?

외톨이도 행복하고 당당하게 잘 살 수 있어요.

쓸데없는 책임감과 낡은 인연에 얽매이지 마세요.

망한 관계는 끊어야

비로소 나 자신을 챙길 여유가 생긴답니다.

죽어도
사과하지 않는 사람들

얼마 전 펑크 난 자전거를 차에 싣고 수리점으로 향했다. 뒷바퀴를 교체해야 하는데, 작업이 밀렸다며 맡기고 내일 찾으러 오란다. 다 됐으니 찾아가라는 연락에 다시 실어 왔는데, 교체한 바퀴가 아예 돌지 않았다.

"바퀴가 안 움직인다고요? 왜 그러지? 일단 도로 가져와 보세요."

세 번째 수리점 행. 차에 싣고 내리기를 반복하다 짜증이 났다.

잠시 고개를 갸웃대던 자전거포 사장님이 몇 군데 만지작거리자 꿈쩍도 하지 않던 바퀴가 팽그르르 돌아갔다.

"됐네요, 이제."

사람은 누구나 실수하기 마련이다. 수리 직후 확인하지 않은 내 잘못도 있는 셈 쳤다.

돌아오는 내내 속이 답답했다. 자기 실수로 두 번 걸음을 했는데, 적어도 사과는 해야 하는 거 아닌가? 미안하다는 말 한마디가 그렇게 어려운가?

쇼핑 카트로 날 들이받은 남자, 축구공으로 내가 든 쓰레기 봉지를 터뜨린 소년, 주문과 다른 음식을 가져온 종업원 모두 사과하지 않았다. 불쾌하지만 따지지 않았다. 곧 잊힐 사소한 일이었다.

그러나 잊히지도 않고, 사소하지도 않은 일도 있다.

원고지 50매 분량의 소설 청탁을 받았다. 짧은 소설인 만큼 문장을 여러 번 다듬고 호흡을 압축했다.

“작가님, 보내 주신 작품 잘 받았습니다. 글자 수로 계산해서 36만 원이 지급될 예정입니다.”

계약서를 다시 살폈다. ‘200자 원고지 1매당 1만 원’이라고 명시되어 있었다. 50만 원짜리 원고가 36만 원이 되었다. 14만 원의 차액. 숫자 이상으로 모욕적이었다.

그 소설을 쓰느라 웹소설 마감을 한 달 이상 늦췄다. 경제적으로 큰 타격을 감수했다. 왜 거절 안 했느냐고? 나는 신인 소설가고 청탁은 드문 기회다. 지면이 없어서 작품 발표를 못 하는 소설가가 수두룩하다. 평판도 무시해선 안 된다. 결국 항의 한마디 하지 못했다.

한번은 익명의 작가가 표절 의혹을 제기한 적이 있다. 내 웹소설이 자기 작품과 비슷하다는 거였다. 꼬박 일주일 몇 년 치 문서 파일과 메일을 뒤졌다. 표절이 성립될 수 없음을 증명하는 출간 계약서와 작성 시점이 명시된 문서를 찾아 냈다. 상대의 반응은 상상 초월이었다.

"오해한 건 미안하지만 누구라도 의심했을 상황이었어요. 같은 작가로서 제 생각을 이해해 주실 거라 믿어요."

작품 로그라인*만으로 표절을 확신한 사람의 말이었다. 심지어 그는 내 작품을 읽지도 않았다고 했다.

이 밖에도 밤고구마를 퍼먹은 에피소드가 줄줄이 떠오른다. 어떤 사과는 안 듣느니만 못하다.

"죄송하게 됐네요. 이제 됐어요?"

"사과했으면 됐지 뭘 바라요? 무릎이라도 꿇을까요?"

"당신도 잘한 거 없잖아요. 나도 사과받아야겠으니까 그쪽 잘못도 인정하시죠."

보통의 선량한 사람들은 큰 혼란에 빠진다.

"내가 너무 예민한 걸까? 괜히 일을 키운 건가? 나만 참으면 되는데 조용히 넘어갈 걸 그랬나?"

---

* 이야기의 방향을 설명하는 한 문장. 한 문장으로 요약된 줄거리.

가끔 슬픈 뉴스가 온 나라를 뒤덮는다. 그때마다 우린 권력 집단의 천박한 민낯을 본다. 누구도 책임지지 않는다. 책임을 인정하지 않으니 사과도 없다. 실무자의 실수로, 담당자의 일탈로 꼬리를 자른다.

어떤 사람들은 절대 사과하지 않는다. 잘못을 인정하기 싫기 때문이다. 사과하면 패배하는 거라 믿는지도 모른다. 그에 따른 책임도 면하고 싶을 것이다.

누구나 잘못을 인정하는 과정에서 조금씩 상처를 입는다고 한다. 자아가 강한 사람들은 곧 회복한다. "실수했지만 나는 괜찮은 사람이야. 다음엔 그러지 말아야지." 반면에 자아가 약한 사람들은 "나는 가치 없는 인간이야. 근데 잘못까지 저질렀다고? 절대 인정 못 해!" 이런 심리가 발동한단다.

사과하는 법을 익히지 못하면 거짓말과 핑계부터 튀어나오기 마련이다. 되레 화내는 사람, 없는 말까지 지어내서 자신을 방어하는 사람이 한둘이 아니다.

돌이킬 수 없는 손해와 상처를 입었는데 사과 한마디도 받지 못했다면? 피해자는 그 일에서 빠져나오기 힘들다. 머릿속에서 수없이 그날의 사건을 되짚는다. 감정적 피해가 계속되는 것이다.

진심 어린 사과 덕분에 오랜 응어리가 풀리기도 한다. 그 귀한 경험이 내게도 있다.

나는 사 남매 중 둘째로 태어났다. 똑 부러진 언니와 순한 여동생, 말 잘 듣고 착한 남동생이 있다. 딸, 딸, 딸, 아들. 남아 선호 사상이 만들어 낸 클리셰다.

둘째 특유의 예민함이 발동한 걸까. 어려서부터 형제자매들과 차별당한다고 믿었다. 서른이 훌쩍 넘도록 부모님 집에 얹혀 살다 보니 피해 의식이 하늘을 찔렀다. 그러다 일이 터졌다.

언니가 집에 수박을 사 놨다고 했다. 달고 시원한 수박을 먹을 생각에 들떠 귀가했다. 수박을 자르려고 하자, 엄마가 먹다 남은 것부터 해치우라며 락앤락 통을 내밀었다. 흐물흐물하게 시든 수박 몇 조각 앞에서 서러움이 폭발했다.

"왜 이런 것만 먹어 치우래? 왜 나만 차별해? 동생 왔으면 새 수박 잘라 줬을 거잖아? 나도 새것 먹고 싶어!"

"누가 누굴 차별해? 하늘에 대고 엄만 그런 적 없다! 혈서라도 쓸 수 있어!"

엄마는 정말 손가락이라도 깨물 기세였다. 그동안 쌓인 울분, 삐뚤어진 믿음, 혼자 삭였던 분노를 서로를 향해 쏟아 냈다. 엄마는 모든 게 나의 착각이라고 주장했다. 나는 우울증 약봉지를 흔들다가 대화하길 포기했다.

완전히 버림받은 것 같은 외로움. 머물 곳도 떠날 곳도 없는 막막함. 눈물이 멈추지 않았다. 어떻게 살아야 할까? 살 수나 있을까? 엄마조차 나를 받아들여 주지 않는데.

30분쯤 흘렀을까. 노크 소리가 들렸다. 두 눈이 퉁퉁 부은 엄마가 내게 다가왔다.

"미안해. 네가 그런 마음일 줄 몰랐어. 엄마가 정말 미안해."

엄마는 내가 미웠던 적이 있었다고 고백했다. 그 사연이 유치원 운동회까지 거슬러 올라갈 줄은 몰랐지만. 어쨌든, 엄마는 몸이 부서질 것처럼 울며 사과했다.

'내가 엄마를 오해했을지도 몰라. 피해 의식에 사로잡혀 모든 걸 삐딱하게 봤을지도…….'

처음으로 나의 서러움을 돌아봤다. 양손에 어린 동생들을 붙든 엄마와 그런 엄마를 뒤에서 물끄러미 바라보던 나를. 나도 엄마 손을 잡고 싶다고 차마 말 못 했던 어린 시절을.

"내가 더 미안해, 엄마."

그 한마디를 하기까지 평생에 가까운 시간이 필요했다. 엄마가 먼저 손 내밀어 주지 않았다면 영영 못 했을 거였다. 우리는 서로를 끌어안았다. 다정한 모녀가 되자고, 앞으로의 시간을 낭비하지 말자고 약속했다.

그렇게 떠난 엄마가 몇 분 후 다시 등장했다. 사인펜으로 꼭꼭 눌러쓴 편지와 가지런하게 자른 수박을 들고.

"자니? 엄마가 수박 가져왔어."

수줍고도 밝은 목소리엔 마르지 않은 눈물이 매달려 있었다. 엄마의 눈동자는 수박처럼 새빨갰다.

그날 이후로 엄마는 단 한 번도 내게, 상처 비슷한 것도 준 적이 없다. 스치는 농담으로도 날 꼬집지 않았다. 나이 먹을수록 잘못을 인정하기 어렵다는데 매번 신기하고 감탄스럽다. 우리 엄마가 그런 분이라 고맙고, 내게 그런 엄마가 있다는 것이 정말 자랑스럽다. 나는 엄마에게 진심 어린 사과의 힘을 배웠다.

살면서 여러 잘못을 저질렀다. 도망치고 싶은 순간도 있었다. 하지만 그러지 않았다. 남들은 잊어도 나는 내 비겁함을 기억하리란 걸 알기 때문이다. 지금도 지난 실수를 감추지 않는다. 늘 되새긴다. 다시는 반복하지 않으리란 맹세도 마찬가지다.

비겁하고 솔직하지 못한 사람 때문에
아파하지 마세요.
붙잡지도 마세요.
제 잘못도 인정하지 않는 사람 마음을
우리가 어떻게 바꾸겠어요?
그들에게 감정을 낭비하지 말자고요.
진정한 사과가 상대와
자신 모두를 위한 일이라는 걸
아는 사람과 더 깊이 마음을 주고받으세요.

나의 평화는 당신의 양심에 달렸다

제1막. 뉴스에서나 보던 일

거실 바닥에 누워 펑펑 울었다. 우는 것 말곤 할 수 있는 게 없었다. 그 순간에도 위층에서 둔중한 무언가로 바닥을 내려찍는 소음이 쏟아졌다. 쾅! 쾅! 쾅! 심장이 격렬하게 요동쳤다. 어쩌면 터지고 짓물렀는지도 모르겠다.

나는 재래시장 앞 옥탑방에서 거의 평생을 살았다. 처음 경험하는 신축 아파트의 고요함은 놀랍다 못해 신비로웠다. 가래침 뱉는 소리, 취객의 욕설, 발정 난 고양이 울음이 들리지 않는 방이라니. 일하는 공간과 쉬는 공간을 분리할 수 있다니. 역시 돈이 좋긴 좋구나, 싶었다.

고요는 휴식에도 큰 도움을 줬다. 생활 소음이 아주 없진 않았지만, '공동 주택에서 이 정도는 감수해야지.' 너그럽게 이해했다. 지금 생각해 보면 이해할 수 있는 수준의 소음만 들렸던 거다.

첫 공동 주택 생활에 나도 많이 조심했다. 푹신한 슬리퍼를 신고도 발뒤꿈치를 들고 다녔다. 오후 7시가 넘으면 세탁기, 청소기를 돌리지 않았다. 의자 다리에 보호캡을 씌웠지만 끼긱거릴까 봐 들어서 옮겼다. 그게 예의라고 생각했다.

이웃 간의 배려로 만들어진 평화는 하루아침에 깨져 버렸다. 쿵쿵쿵쿵. 드르륵, 드르륵. 우다다 쾅! 쾅!

윗집 주인이 바뀌고 나서부터였다.

그들이 뭘 하는지 알 수 없었다. 그게 알고 싶은 건 아니었다. 지금까지 그래 왔던 것처럼 일하고, 쉬고, 잠들 수 있길 바랐다. 하지만 모두 불가능했다. 이르면 오전 5시부터, 늦게는 새벽 3시까지 크고 작은 소음이 멈추지 않았다.

층간 소음은 소리가 아니라 진동이다. 침대에 누우면 등을 걷어차이는 느낌이다. 거실로 나오면 주방 등이 좌우로 흔들렸다. 가라앉기 직전의 난파선처럼.

'이게 말로만 듣던 층간 소음이구나. 어린애 뛰는 소리 같진 않은데. 설마 어른들이 저러는 거야?' 몇몇 뉴스가 눈앞을

스쳤다. 항의, 욕설, 비방, 칼부림……. 난생처음 겪어 보는 위기에 두렵고 불안했다. 저 소음이 지속될까 봐. 나의 일상이 이대로 무너져 내릴까 봐.

관리실을 통해 주의를 부탁했지만, 달라지는 건 없었다. 몇 번 중재해 보려던 관리실 직원이 말했다.

"직접 인터폰으로 연락해 보시죠."

"응답을 안 하던데요? 신호 몇 번 가다가 끊어져요."

"위층에 올라가 보셨어요?"

"그러면 불법이라던데요?"

사실 반도가 올라가서 대화를 시도한 적이 있었다. 술에 취해 혀가 꼬인 여자의 얼굴만 보고 그냥 내려왔지만.

"그럼 경찰을 부르는 수밖에 없습니다."

"경찰에 신고하면 해결이 될까요?"

"……그건 모르죠."

쇠구슬 굴리는 소리가 한 시간 동안 계속되던 날, 경찰에 신고했다. 공권력을 사적인 민원에 동원한 것 같아 마음이 불편했다. 하지만 경찰도 뾰족한 수가 없었다. 그날 새벽에도 윗집 남녀는 크게 다퉜다. 나와 반도는 우리 집으로 침입하는 그들의 온갖 욕설을 견뎌야만 했다.

종이집에서 태풍을 견디는 심정으로 편지를 썼다. 문장

을 고르고 골랐다. 윗집의 심기를 거스르고 싶지 않았다. 값싼 동정이라도 사고 싶었다. 나아질 수 있다면 뭐든 못하겠는가.

제2막. 알고 싶지 않았던 진실

출판사 미팅을 마치고 5시 반쯤 귀가했다. 1층 엘리베이터 앞에서 한 소년을 만났다. 중학생으로 보이는 소년은 노란색 책가방을 메고 있었다. '저런 가방은 유치원 아이들이나 메는 건데?' 앙증맞은 색깔의 책가방을 보며 고개를 갸우뚱했다.

엘리베이터 안에 들어서자마자 소년이 괴성과 함께 뛰뛰기를 시작했다. 체구가 큰 남성 보호자가 제지했지만, 소용없었다. 쩔쩔매던 보호자가 탑층 버튼을 눌렀다. 엘리베이터가 움직이는 동안 소년은 어느 먼 곳을 응시하며 낯선 소리를 냈다.

'이거였구나. 늦은 밤 들었던 소리가!'

심장이 위아래로 요동쳤다. 닫히는 엘리베이터 문틈 사이로 끼어들었다. 이 기회를 놓치면 안 될 것 같았다. 아래층 사는 이웃임을 밝히며 조심해 달라고 부탁했다.

"보시다시피 아이가 이래서……."

난처한 표정을 남기고 남자와 소년이 위층으로 올라갔다.

정말 소설 같다. 아니, 소설로 쓰기엔 곤란하다. 발달 장애 학생이 만들어낸 층간 소음 때문에 글을 못 쓰는 소설가라니. 너무 작위적이지 않은가.

아파트 단지 바로 앞에 장애인 학교가 있다. 나는 그 학교에서 가장 가까운 동에서 살고 있었다. 그냥 그런가 보다 했다. 달리 무슨 생각을 했을까.

"우리 애가 중학생이에요. 밤에는 약을 먹여서 재우는데 통제가 잘 안 돼요. 저도 공황 장애를 앓고 있어요. 엄마인 저도 힘든데 얼마나 힘드시겠어요. 정말 죄송합니다."

소년의 모친이 수박을 들고 찾아왔다. 건드리면 울 것 같은 얼굴이었다. 누군가 건드려 주길, 그래서 쌓인 울음을 내려놓길 바라는 얼굴이었다.

괜찮다는 빈말은 할 수 없었다. 정신과에서 공황 장애 약을 추가로 받아왔다. 작업은커녕 밤잠도 이룰 수 없었다. 나의 사정 때문에 그녀의 사정을 들여다볼 여력이 없었다. 조심해 달라는 부탁을 건네며 수박은 정중히 사양했다.

때때로 들려오는 소년의 음성은 해석할 수 없었다. 고통에 찬 신음인지 흥겨운 웃음인지도 분간하기 힘들었다. 3M 귀마개로 막을 수 없는 진동에 휩싸여 2017년 서울 강서구 가양

동에서 벌어진 일을 떠올렸다.

장애인 특수 학교 건립을 둘러싼 갈등이었다. 지역 주민들이 건립을 반대하며 격렬히 항의했다. 장애 학생의 학부모들은 무릎 꿇고 눈물을 흘렸다. 언론은 장애인 학교가 혐오 시설 취급받는 씁쓸한 현실을 앞다퉈 보도했다. 나도 분개했다. 어디든 지어져야 하지만, 우리 동네는 안 된다는 심보가 얄미웠다.

그 생각이 변했느냐고? 그렇지 않다. 장애인 학교는 더 많이 건립되어야 한다. 학습권, 이동권을 비롯한 장애인의 모든 인권이 지금보다 한참 나아져야 한다고 믿는다.

반대하는 입장도 조금쯤 이해하게 됐다. 나의 생존이 위협받을 때 정의나 포용은 장막 뒤로 밀려난다. 언제 끊어질지 모르는 가느다란 양심의 끈을 붙들고 있기조차 힘겹다. 속시원히 원망할 수 없는 처지가 괴로울 뿐이다.

층간 소음은 겪어 본 사람만 안다고 한다. 일상생활이 불가능한데 해결할 방도가 없다. 항의해 봤자 예민한 진상 취급받기 십상이다. 숨죽인 채 상대의 배려만 기대하는 것이 아래층의 운명일까. 공공 주택이란 원래 이런 걸까. 시공사는 아파트를 이렇게밖에 지을 수 없었을까?

제3막. 대화가 가능한 줄 알았다

나는 소년이 언제 등교해서, 언제 하교하는지 안다. 주말에는 몇 시간이나 외출하는지, 밤엔 몇 시쯤 잠드는지, 자다가 몇 번쯤 깨는지도 안다. 그에 맞춰 나의 일과를 바꿨기 때문이다.

소년이 잠드는 시간에 자고, 일어나는 시간에 일어났다. 소년이 등교한 시간에 작업하고, 하교하기 전에 휴식했다. 하지만 그것도 학기 중이나 가능한 일이었다.

방학이 시작되자 새로운 지옥이 펼쳐졌다. 소년만의 문제가 아니었다. 밤 12시쯤 귀가하는 윗집 남자는 늘 술에 취해 고함을 질렀고 무언가를 집어던졌다. 발꿈치로 바닥을 찍으며 걷는 습관도 있었다. 모든 문을 내던지듯 쾅쾅 닫았다. 새벽 두 시에도 그의 모든 동선을 짐작할 수 있을 정도였다.

다음날 반도가 윗집으로 올라갔다. 소년의 모친이 인사치레도 없이 퉁명스레 물었다.

"아니, 그럼 애를 묶어 놓고 살라는 거예요? 아니면 죽여요?"

"어떻게 하시라는 얘기가 아니라, 저희가 이렇다는 말씀을 드리러 온 거예요."

"……."

"방학이라 바뀐 루틴 때문에 아드님도 어머님도 많이 힘드시지요?"

항의하러 온 아랫집 주민의 다독임에 그녀는 눈물을 보였다고 한다. 머리를 조아리며 더 조심하겠노라고 약속했다고.

"정 힘들면 인터폰으로 연락드릴게요. 굳이 받으실 필요는 없어요. 그냥 신호라고 생각하시고 조금만 자제시켜 주세요."

반도가 밝은 표정으로 내려왔다.

"그나마 말이 통하는 것 같아서 다행이야. 곧 개학한다니까 좀 나아지겠지. 조금만 더 참자."

반도의 말대로 조금 나아졌다. 밤잠을 잘 수 있는 것만으로 살 것 같았다. 하지만 거기서 끝이 아니었다.

제4막. 욕심 그만 부리고 이사 가라고?

세 번째 편지를 쓴 것은 새벽에 울리는 어른들의 발망치 때문이었다. 부부싸움, 고함, 욕설은 언급하지도 않았다. 배려해 줘서 고맙다고, 예전보다 한결 좋아졌다는 인사도 덧붙였다. 이번에도 말이 통할 줄 알았다.

"윗집에서 이런 답장을 보냈네?"

반도가 낭패한 얼굴로 편지를 가져왔다. 쪽지 모양으로 접힌 종이엔 '서로 힘든 건 마찬가지예요. 저보다 심할까요?'라고 적혀 있었다. 편지를 펼쳤다. 대략 요약하자면 이런 내용이었다.

- 아이를 죽이라는 거냐, 버리라는 거냐. 나도 힘들다. 뭘 어떡하라는 거냐. 공동 주택에 살려면 당신들이 감수해야지, 그 이상 바라는 건 욕심이다. 그렇게 힘들면 이사 가라.

우리는 쓰디쓴 신음을 흘리다 서로 다른 방향으로 흩어졌다. 각자 몫의 무력감과 분노를 삭여야 했다. 말이 통할 거라던 반도는 섣부른 믿음을 자책했다. 나는 또 울었다. 반도가 자책하지 않도록 이불 속에 숨어서 울었다.

나도 그도 최선을 다했다. 분노하지 않으려고, 선은 넘지 않으려고 애썼다. 그 노력이 돌려받지 못할 때가 있다. 사는 게 좀 그렇다. 경험해 보지 않아도 다 아는데. 다른 표정의 불행이 꼼꼼히 찾아온다. 아랫집에도, 윗집에도.

나와 반도는 이사를 준비 중이다. 면단위 시골 단독 주택을 계약했다. 층간 소음의 답은 이사뿐이라더니. 클리셰의 클리셰까지 찍고 나서야 벗어날 수 있으려나? 그전까지 윗집 가족의 안녕과 평화를 기원해 본다.

도망갈 수 없고,

맞설 수도 없는 불행이 있어요.

오늘의 불행보다 더 큰 행복이

찾아오리란 걸 믿는 게 최선일 때가 있어요.

각자의 전쟁에서 살아남아 봅시다.

이 시간도 결국 흘러갈 거예요.

상처 준 사람을 미워할 권리

한 친구가 있다. 어려서부터 알고 지낸 사이는 아니지만 어떤 계기를 통해 가까워졌다. 취향도 비슷하고, 유머 코드도 잘 맞는다. 함께하는 시간이 조금씩 길어진다. 아낌없이 마음을 주고받는다. 어느 순간, 친구는 내 삶에 없어서는 안 될 존재가 된다.

'이 친구 주위엔 이상한 사람이 유독 많네. 안 좋은 일도 자주 겪고. 오늘도 위로만 하다가 헤어지는 것 같아…….'

문득 이상 신호가 감지되지만 무시한다. 알아도 감수한다. 소중한 친구의 고충을 들어 주고, 위로도 못할까?

"너한테 말하고 나니까 좀 살 것 같다. 너 아니었으면 진짜 우울했을 거야."

특별히 애쓴 건 없는데 친구가 고마워한다. 내가 얼마나 귀하고 소중한 존재인지, 내 덕에 자신의 삶이 얼마나 풍요로워졌는지 자주 표현한다.

친구는 감성적이고, 자기 주관이 뚜렷하며, 뛰어난 재능을 가졌다. 하지만 친구는 일이 잘 안 풀리는 편이다. 가족들마저 다양한 방식으로 친구를 괴롭히고 무시한다.

"그래도 괜찮아. 너처럼 좋은 친구가 있으니까. 나중에 우리 한 동네 가까이 살자. 너무 재미있겠지?"

나는 친구의 말에 귀 기울이고 최선을 다해 반응한다. 무한 공감하고 친구보다 더 분노한다. 위로 기능에 충실한 감정 쓰레기통이 된 줄도 모르고.

사실을 깨달았을 땐 관계가 끝장난 뒤였다. 사람 볼 줄 모르는 내가 바보 같다. 기만당했다는 분노가 잊히지 않는다. 지워 버리는 게 제일 좋겠지. 하지만 함께했던 추억이 불쑥 튀어나와 나를 옭아맨다. 그는 오늘도 다른 사람을 붙들고 위로를 구할 것이다. 비난의 대상이 누구일지는 뻔하다.

친구를 분석해 보자. 같은 실수를 되풀이할 순 없다.

첫째. 친구의 관심은 제 감정뿐이다. 피해 의식이 강하고, 예민하며, 사소한 것도 잊지 않는다. 자신의 감정을 근거로 타인을 판단한다. 그 주위엔 무례하며, 무책임하고, 이기적이면서도 속물근성까지 가진 사람들로 가득하다.

둘째. 나에게 관심 없거나 덜하다. 내 이야기도 들어주긴 하지만, 표정에 생기가 없다. 기계적인 리액션을 하다가 뜬금없는 말을 던진다. 내게 공감하지 못하고 반대 주장을 펼치기도 한다. '네가 좀 예민한 거 아니야?', '상대편 입장도 생각해 봐야 하지 않을까?' 등 입바른 소리를 덧붙인다.

셋째. 타인을 좋게 말하는 법은 거의 없다. 간혹 있더라도 '내가 바보였다. 알고 보니 문제 많더라.'란 식으로 말을 바꾼다. 대놓고 타인을 비난할 때도 있지만, 남 욕만 하고 다니는 부류로 보이는 것은 가급적 피한다.

넷째. 내가 특별하다는 걸 강조한다. 친구는 어떤 상황에서든 자신을 피해자 위치에 놓는다. 하지만 나는 다르다. '너만이 내 마음을 이해해 주는 친구. 너까지 떠나면 나는 진짜 외톨이.'라고 속삭인다. 나는 책임감을 느끼고 불편한 마음을 접는다.

사소한 문제가 생겼다. 대수롭지 않게 넘길 수도 있지만, 묵은 감정이 터져 나왔다. 어찌 보면 자연스러운 일이었다. 감정의 쓰레기통에게도 감정이 있으니까.

"내가 실수했어. 네 마음을 헤아리지 못해서 미안해."

딱 한 마디면 충분했다. 형식이나 방법은 중요하지 않았다.

내 감정을 존중해 주길 바랐다. 내가 친구의 감정을 존중했던 것처럼.

돌아온 대답은 냉정했다. 나는 어느새 가해자가 되어 있었다. 내가 너무 많은 것을 바랐을까? 우리의 시간은 나에게만 소중했나? 하찮게 무너질 관계에 나만 집착했던 건가?

"친구도 참다 참다 터졌겠지. 내가 좀 더 조심했으면 이렇게까지 되진 않았을 텐데. 다 무신경하고 제멋대로인 내 탓이야."

잠깐씩 자책하기도 했다.

시간이 흐른 지금은 원망이나 자책 없이 그 시절을 떠올릴 수 있게 됐다. 남자친구와 헤어졌을 때, 믿었던 사람에게 배신당했을 때도 그랬다. 시간이 얼마쯤은 해결해 줬다. 상처는 흐려졌지만 아주 사라질 것 같진 않다. 흉만 지고 끝나면 억울하니까 몇몇 생각을 정리해 본다.

첫째. 자책은 그만하자. 나는 할 만큼 했다. 소중히 여겼고, 최선을 다했으면 그만이다. 뭘 더 완벽해져야 했던가? 상대도 실수했고, 나도 모자랐을 거다. 그게 뭐? 모든 잘못을 혼자 뒤집어쓰고 끙끙댈 필요 없다.

둘째. 내게 상처 준 사람을 미워할 권리가 있다. 피해 보상을 요구하는 것도, 피켓 들고 1인 시위하는 것도 아닌데. 도덕적으로 흠결 없는 사람이 될 필요 없다. 선만 제대로 지키면 된다. 선은 그쪽에서 넘었다.

셋째. 관계를 이어가기 위해 희생하지 말자. 일방적인 관계는 사랑이 아니라 종속이다. 관계는 주고받는 것이다. 감정과 관심과 배려를 건강하게 주고받을 수 없다면 끝내야 한다. 그건 계산이 아니라 소통이다. 소통 없는 관계는 망하기 마련이다.

넷째. 한 사람 없다고 세상 무너지지 않는다. 장점이 아무리 많더라도 제 잘못을 인정하지 않는 사람, 불편한 상황을 모면하기 위해 회피하는 사람, 그러고도 사과할 줄 모르는 사람은 내 쪽에서 놓아주자. 좀 힘들겠지만 그게 전부다.

몇 달 뒤, 그에게서 연락을 받았다. 어딘가 외딴곳으로 떠났다 돌아온 사람처럼 가볍고 태연했다. 나와의 만남을 기대했고, 내가 응할 거라 믿어 의심치 않았다. 그는 여전히 내가 받은 상처엔 관심 없었다.

허탈하고 슬펐다. 그리고 실감했다. 추억이 차곡차곡 담긴 서랍은 닫혔다는 걸. 그는 내게 존재한 적 없던 사람이나 마찬가지라는 걸. "난 이주 잘 있어. 너도 그러길 바라. 이젠 진짜 안녕."

인연이 끝났음을 인정하는 건 힘들어요.

마음을 내줬던 만큼 더 그래요.

내가 잘못 살아온 것 같고,

앞으로도 휘청댈 것 같아요.

하지만 전부 오해예요.

당신은 아무 문제 없어요.

과거에도 그랬고,

앞으로도 그럴 거예요.

그러니 지금처럼 잘 살면 돼요.

비매너 세계에서 멀쩡히 살아남는 법

문제는 나다. 그렇지 않고서야 나를 뺀 모든 사람이 이상해 보일 리 없다.

'웹소설 주인공처럼 차원 이동한 거 아닐까? 상식과 예의범절이 반전된 세계로.'

베트남에서 돌아오는 비행기에서 내적 비명을 삼켰다. 아이들이 출국장을 뛰어다니며 술래잡기를 할 때만 해도 그러려니 했다. 아이들은 놀면서 크는 거니까. 부모가 조금 더 신경 써 주면 좋겠지만 애들이 어디 뜻대로 되는 존재던가.

'하지만 당신들은 어른이잖아. 당신들 때문에 비행기가 못 떴는데 왜 이리 당당한 거지? 왜 커피잔과 면세점 쇼핑백을 들고 있는 거야?'

힐난이 듬뿍 담긴 눈으로 지각한 탑승객들을 노려봤다. 그들은 미안해하는 기색도 없이 통로를 스쳐 지나갔다.

비행기에 위탁 수화물이 실리고 나면, 짐 주인을 두고 이륙하기 힘들단다. 일부의 짐만 내리는 것도 현실적으로 어렵다고 한다. 그러니 무작정 기다릴 수밖에 없는 거다.

'설마 그 점을 이용한 거야? 제시간에 탑승하는 건 상식 아니냐고?'

목구멍까지 올라오는 분노를 밀어 삼켰다. 모두가 예민한 밤 비행기였다. 게다가 나는 좌석이 좁고 쿠션이 딱딱하기로 유명한 저가 항공사를 이용 중이었다.

불운은 거기서 끝나지 않았다. 내 오른쪽 승객은 덩치 큰 중년 남성이었다. 자세가 불편한지 쉴 틈 없이 몸을 들썩거렸다. 그가 다리를 이쪽저쪽 바꿔 꼴 때마다 나란히 붙은 ABC 좌석이 요동쳤다.

그가 샌들을 벗고 다리를 꼬았을 때. 그의 맨발이 내 허벅지에 살포시 온기를 더했을 때. 나는 미간을 찌푸리고 세상에서 가장 차가운 눈빛으로 그를 바라봤다.

나보다 더 고통받는 사람은 그의 앞 좌석 여성분이었다. 뒷좌석에 앉은 사람이 두 손으로 등받이를 밀어대니 얼마나 괴로울까. 2시간 가까이 인내하던 그녀는 결국 승무원을 불렀다. 난처한 표정을 짓던 승무원이 다른 자리로 그녀를 안내

했다. 내 뒤엔 발차기를 좋아하는 어린이가 타고 있었으므로 그녀가 몹시 부러웠다.

몇 번 뒤를 돌아보다가 아이의 보호자에게 조심스레 부탁했다. 내 얼굴을 빤히 보던 보호자가 아이의 무릎을 찰싹 때렸다. "얌전히 있어야지." 하지만 그 뒤에도 달라지는 건 없었다. 나는 간헐적으로 작동하는 안마 의자에 앉아 세 시간을 더 버텼다.

수면제를 삼켰는데도 얕은 잠에서 자꾸 추방되었다. 휴대폰을 꺼내 메모했다. 「좁고 빳빳한 마분지 상자에 담겨 어디론가 실려 가는 기분. 인간에게도 비행기 탑승 모드가 있었으면.」

살다 보면 무례한 사람들을 자주 만난다. 새치기하는 사람, 걸으며 담배 피우는 사람, 반려견의 분변을 치우지 않는 사람. 영화관에서 큰소리로 통화하는 사람. 일일이 헤아릴 수 없을 만큼 다양한 비매너가 존재한다. 그런 사람들을 마주할 때마다 인류에 대한 믿음을 한 움큼 잃는다. 낯모르는 누군가를 맹렬히 미워하다가 조금 외로워진다.

사는 게 팍팍할수록 무례한 사람들이 활개 치는 듯하다. 상식을 지키는 사람을 제 밥그릇도 못 챙기는 바보 취급한다. 가끔은 나만 손해 보는 것 같다.

'남들은 아무렇지 않게 규칙을 어기는데, 나만 점잖은 척 해 봤자 소용없잖아? 어차피 글러 먹은 세상인데 나도 막살아 볼까?' 그런 결심도 몇 분을 넘기지 못한다.

남의 눈치를 보기 때문이 아니다. 알량한 평판을 잃을까 봐 두려운 것도 아니다. 나는 쓰레기는 쓰레기통에 버리고, 시간 약속 잘 지키고, 공공시설에서 조용히 대화하는 사람으로 살고 싶다. 그 정도 공중도덕도 안 지키는 몰지각한 인간은 되기 싫다.

"어떻게 살든 내 자유야. 난 아무 잘못 없어. 너도 나처럼 편하게 살면 되잖아?"

이렇게 주장하는 사람이 있다면 되묻고 싶다.

"아무 데서나 눕고, 싸고 싶을 때 싸는 게 자유입니까? 당신의 자유는 고작 그 수준입니까? 모두가 내키는 대로 살면 사회는 왜 사회고, 인간은 왜 인간인가요?"

어떤 사람들이 유치원에서 배울 법한 예의범절을 지키지 않는다고 내가 손해 보는 건 아니다. 그들은 그 정도밖에 안 되는 사람이고, 나는 그들과 다른 사람이라는 것만 기억하면 된다.

공중도덕, 예의범절, 상식이란 단어가 갑갑하게 느껴진다면 우아함이나 품위로 바꿔 보자. 품위는 학벌, 지위, 재산과

무관하다. 계산대에 돈을 집어 던지고, 직원에게 반말 찍찍하면서 우아한 척해봤자 우스울 뿐이다.

품위에는 돈도, 학벌도, 권력도 필요 없다. 증명하려고 애쓸 이유도 없다. 행동에서 드러나기 때문이다. 이기적이고 무례한 사람들이 많다고 해서 나의 기준을 낮추지 말자.

선을 지키며 사는 건 쉽지 않다. 그게 선善, virtue이든 선線, line이든 마찬가지다. **감정과 욕망을 절제할 줄 아는 인간으로 살자. 약간의 불편함을 감수하고, 가끔 억울한 일을 겪는다 해도 말이다. 내가 옳다고 생각하는 길을 걷는 것. 그게 나를 만드는 과정이고, 나를 지키는 수단이라고 믿는다.**

무조건 참는 게 능사는 아니다. 콕 짚어 경고해야 할 때도 있다. 공손하지 않아도 된다. 무표정한 얼굴로 사무적으로 말해 보자. 직원에게 용건을 전달하는 것도 좋다. 도저히 말이 통하지 않을 것 같은 상대라면? 굳이 말 섞지 말자. 더럽고 귀찮은 일에 휘말릴 뿐이다. 그건 회피가 아니다. 어떤 상황에서든 안전이 최우선이라는 걸 기억하길.

제 감정을 절제하지 못하는 사람,

어린아이도 아는 공중도덕을 지키지 않는 사람,

사소한 이익을 위해 타인에게

피해 주는 사람을 멀리하세요.

무례한 사람 때문에 기분 상하지도 맙시다.

그럴 가치조차 없으니까요.

당신은
어떤 아이였나요?

"비도 오는데 얼큰한 뼈해장국이나 먹을까? 문구점에서 양면테이프랑 포장지도 사야 해."

잿빛 하늘에서 부슬비가 떨어지는 5월 5일. 나와 반도는 차 키를 챙겨 집을 나섰다. 그런데 단골 해장국집으로 가는 길이 막혀도 너무 막히는 거 아닌가.

"저 뒤에 있는 스타필드 때문인가 봐. 거기 장난감 가게도 있고, 실내 놀이터도 있잖아?"

"비 오는 어린이날이잖아. 선택지가 많지 않았겠지."

우리는 깔끔하게 뼈해장국을 포기하고 근처 다이소로 차를 돌렸다. 예전엔 동네 문방구가 많았다. 모닝글로리 같은 팬시용품점이나, 드림디포 류의 문구 전문점도 있었다. 요즘은 다이소로 천하 통일된 느낌이다.

다이소, 맥도날드, CGV가 한 빌딩 안에 있어서 그런지 주차장부터 난리통이었다. 어디든 시시하다는 표정의 어린이들과 누눅한 피로에 찌든 어른들로 가득했다. 바람 빠진 풍선과 우산에 씌우는 비닐봉지, 노란 기름기가 묻은 팝콘통이 뒹구는 어린이날이었다.

"프랜차이즈 햄버거집에서 외식하고, 멀티플렉스에서 영화보고, 다이소에서 장난감을 고른 어린이는 만족스러울까?"

내 질문에 반도가 어깨를 으쓱했다.

"그 정도면 풀코스 아냐?"

"다이소엔 삼십만 원짜리 레고가 없잖아. 인형의 집도 없고, 변신 로보트도 없고."

"난 한 번도 어린이날 선물을 받아본 적 없어. 크리스마스 선물은 물론 생일 선물도."

반도는 궁핍하진 않지만 무미건조한 집에서 자랐다. 아무리 그래도 그렇지, 선물도 없고 생일 케이크도 없는 어린 시절이라니? 아이들에게 크리스마스는 신화 아니던가? 값비싼 장난감은 아니더라도 과자 종합 선물 세트는 받았어야지?

"다른 애들은 놀이공원도 가고, 선물도 받았을 텐데 억울하지 않았어? 나라면 울고불고 떼를 썼을 텐데."

"그래 봤자, 라는 걸 알았지. 내 별명이 애 영감이었거든."

"지독한 프레임이야. 아무리 어른스러워도 애는 그냥 앤데!"

"왜 흥분하고 그래?"

"슬프고 열 받잖아! 어른들 입맛대로 애를 조종한 것 같아. 애 영감이니까 어리광도 못 부리고, 반찬 투정도 못 하고, 갖고 싶은 것도 참도록."

반도는 초등학교 내내 반장에 전교 1등, 학생회장으로 뽑힐 만큼 똑똑하고 인기 있는 소년이었다. 하지만 친구와 장난감을 가지고 논 적은 한 번도 없다고 한다. 어떻게 그럴 수 있지?

"친구네 집에 놀러 가면 장난감이 있었어. 멋진 것도 있었지. 갖고 놀고 싶기도 했고. 그래도 만지진 않았어. 우리 집엔 장난감이 하나도 없었거든. 우리 집에 없는 거에 열광하는 것처럼 보이기 싫어서 관심 없는 척했어."

결과적으로 반도는 장난감 없이도 잘 자랐다. 거듭된 결핍에도 잘 자라는 아이가 있다. 드물고도 놀라운 일이다.

"내가 다니던 피아노 학원 원장 아들이 장난감 부자였어. 장난감으로 얼마나 으스대던지 꼴 보기 싫더라고. 그 애 방에 있던 구슬 퍼즐 장난감을 개한테 던졌어. 한바탕 난리가 났지. 어머니가 사과하러 오고, 학원도 끊었으니까."

"어머니께서 왜 그랬냐고 묻지 않으셨어?"

"안 물었어. 혼내지도 않았고. 대충 짐작하지 않았을까?"

"차라리 혼내는 게 나아. 피아노를 가르치는 것보다 아이답게 놀게 해 주는 게 훨씬 더 낫다고. 잠꼬대하는 척하면서 자전거 갖고 싶다고 했더니 쇼하지 말라고 하신 적도 있었다며?"

"어머니가 날 사랑하지 않은 건 아니었어. 막내라서 어머니의 사랑은 제일 많이 받았지."

"사랑받지 못했다는 게 아니야. 아이가 아이다울 기회를 박탈당했다는 말이지."

"……나이 먹고 이런 얘기 하니까 창피하다. 그냥 옛날 일인데."

반도가 멋쩍게 웃었다. 나는 바로 정색했다.

"그래, 우린 한참 전에 어른이 됐어. 그렇다고 상처가 사라지지 않아. 상처에 익숙한 어른이 된 것뿐이야. 옛날에 아팠었다고 얘기도 못 해? 그 경험들이 쌓여서 지금의 날 만든 건데."

반도는 감정 표현에 서툴다. 뭐가 먹고 싶다거나, 졸린다거나, 아프다거나 기본적인 상태나 욕구를 드러내지 않는다. 주변의 반응을 유심히 살피고, 타인에게 폐를 끼치거나 무안당하는 상황을 극도로 싫어한다. 애 영감이라 불린 소년은 그런 어른이 됐다.

나는 또래보다 한글을 일찍 깨우친 아이였다. 키와 덩치도 유독 컸다. 초등학생 때부터 버스를 탈 때 '대학생이 왜 어린이 요금을 내?'란 소리를 들었으니 말 다 했다.

'다 큰 애가 이것도 못 해?'라는 핀잔 들을 때마다 얼굴이 화끈 달아올랐다. 나 아직 어린애라고, 도움의 손길이 필요하다고 외치고 싶을 때도 있었다.

하지만 누울 데가 있어야 발을 뻗는 법이다. 술이 좋은 아빠는 매일 밤늦게 귀가했다. 엄마는 아빠의 일을 도우며 살림과 사 남매 양육을 도맡아야 했다.

동생들은 나와 달리 유순하고 애교가 많았다. 어리숙한 면도 있어서 엄마의 손길이 자주 필요했다. 반면에 언니는 똑부러지고 야무진 첫째였다. 공부도 잘하고, 운동 신경도 뛰어나고, 동생들도 잘 돌봤다. 키도 크고 날씬한 언니와 비교하면 나는 뚱뚱하고 부루퉁한 못난이였다.

사랑스러운 동생들 옆에 서면 난 덩칫값도 못 하는 울보가 됐다. 아무리 애써도 언니나 동생들만큼 사랑받을 수 없었다. 그래서 시도 때도 없이 울었다. 어깨를 들썩이며 우느라 하고 싶은 말도 제대로 못 했다.

"그래도 우리 부모님은 어린이날 선물은 꼬박꼬박 챙겨 주셨어. 초등학교 5학년 땐가? 내가 어린이날 선물로 권투 글러

브를 갖고 싶다고 한 적 있어. 그걸 뭐 하러 사냐고, 다른 걸 고르라고, 엄마가 여러 번 타일렀는데 고집을 부렸어."

"그래서 받았어?"

"받았지. 몇 번 놀다가 장롱에 처박아 버렸지만."

"어머니께서 뭐라고 하셨어?"

반도의 물음에 내가 쓰게 웃었다.

"그럴 줄 알았다고 하셨지. 난 어릴 적부터 변덕이 심하단 말을 들었거든. 뭐 하나 꾸준히 하는 게 없다고 자주 혼났어."

"넌 그냥 호기심이 많았을 뿐인데……. 내가 살면서 알게 된 사람 중에 네가 제일 꾸준하고 성실한 사람이야."

"난 내가 그런 사람이란 걸 나중에 알았어. 스스로도 변덕스럽고 끈기 없는 애라고 생각했거든."

아이의 어떤 믿음은 완벽한 착각이다. 스스로 선택할 수 없는 환경과 보호자가 만들어 낸 대본일 수도 있다.

반도에 비하면 유복하게 자란 셈이지만, 내게도 가슴 깊숙한 곳, 오도카니 웅크린 아이가 있다. 그때를 떠올리면 이유 모를 눈물이 툭 튀어나오기도 한다. 울어도 괜찮은데, 그땐 잘 몰랐다.

아이든 어른이든 울고 싶을 땐 울어도 된다. 좀 힘들면 어릴 적 핑계를 대도 된다. 눈물을 닦고 나서 웃는 법을 연습해

보자. 어린 나에게도 말해 주고 싶다. 괜찮아. 넌 좋은 애야. 내가 잘 알아.

우리는 집으로 돌아와 부대찌개를 끓여 먹었다. 전골냄비에 소시지랑 스팸을 잔뜩 넣고 라면 사리에 치즈까지 얹었다. 서로의 잔에 소주를 부어 주며 어른들만의 어린이날을 자축했다.

어린 반도를 만날 수 있다면 우리의 파티에 초대하고 싶다. 세상에서 가장 큰 장난감 가게에 데려가서 원하는 것은 뭐든 사 주고 싶다. 부대찌개는 너무 매우려나? 그래도 어린 반도는 좋아할 것이다. 예나 지금이나 라면을 좋아하니까.

당신 가슴 속에

상처 입은 아이가 있지 않나요?

당신은 어른이 됐지만

아이는 그 모습 그대로일 거예요.

지금이라도 아이에게 손을 내밀어 주세요.

비난하지 말고 다정히 쓰다듬어 주세요.

그 아이가 버텨 준 덕에

지금의 당신이 있는 거랍니다.

네 덕에
떡볶이가 좋아졌어

카페였던가, 패스트푸드점이었던가. 나와 A는 마주 보고 앉았다. 평소처럼 잡담을 나누는 척했지만, 얼마 가지 못해 침묵이 내려앉았다. 나는 창밖으로 시선을 던지며 선득한 예감을 밀어내려 애썼다.

A는 쉽게 입을 떼지 못했다. 나는 그녀가 생각을 바꿨을지도 모르며, 아무 일도 없었던 것처럼 A를 계속 볼 수 있을 거라고 기대했다. 은근한 기대가 내 표정이나 눈빛을 통해 드러날까 봐, 굳은 표정으로 빈 컵을 노려봤다.

"이제 연락 그만하는 게 좋을 것 같아."

A가 실제로 그런 말을 했는지 모르겠다. '더 보지 말자.'라거나, '너랑은 여기까지인 것 같아.'였을 수도 있다. 단호하고 진지하면서도 어딘가 모르게 개운한 표정이었는데 그 역시도

확실하지 않다.

"지금 생각해도 이상해. 연인이 이별하는 장면 같았거든."

바글바글 끓는 즉석 떡볶이를 휘저으며 내가 회상했다. 현이가 맥주 한 모금을 삼키고는 어깨를 으쓱했다.

"나도 비슷한 경험이 있어, 언니. 친구랑 휴대폰에 저장된 서로의 연락처를 지웠거든. 같은 자리에서 마주 보고."

"너도 참 너다. 자연스럽게 멀어지는 방법도 있을 텐데. 꼭 그런 식으로 해야 할까?"

"그러게. 그런 방식도 있는 거지, 뭐."

A와 나는 같은 고등학교를 졸업했고, 같은 대학을 다녔다. 대학 졸업 후에도 자주 만났다. 함께 여행가고, 공부도 하고, 서로의 남자친구를 소개하고, 흉을 보고, 그 망할 자식이랑 헤어지라고 훈수도 뒀다. 그렇게 20대를 보냈고 앞으로도 그러리라 믿었다.

"난 A랑 절교하고 싶지 않았는데 달리 방법이 없더라."

"싫다고 말해 보지 왜?"

"구차하고 비굴해서. 정말 마지막이라면 그런 모습은 보이기 싫었어. 친구 관계가 원래 그렇잖아? 의무도 없고, 책임도 없고. 한쪽이 원치 않으면 다른 한쪽은 받아들일 수밖에 없어."

"친구든 연인이든 그런 부분이 있지."

"사실 후회했어. A를 설득했으면 어땠을까. 오해를 바로잡을 수 있지 않을까."

"오해? 무슨 오해?"

현이가 물었다. 잠시 생각에 잠겼다가 고개를 가로저었다.

"사실 A는 날 오해한 게 아니라, 판단했지. 자신의 기준에 따라 결정을 내린 뒤였어. 내 입장은 묻지 않았고."

"한 번쯤 물어볼 수도 있었을 텐데."

"그래도 달라지는 건 없었을 거야. 나도 A의 변화를 느끼고 있었거든. 그 무렵의 A는 내가 좋아하던 과거의 A가 아니었어. 시간이 흘렀으니까 당연하지만 뭔가 부자연스럽게 느껴졌어."

"인연이 다했었나 보다."

"관계에도 유통기한이 있는 것 같아. 한여름의 김밥처럼 겉보기엔 멀쩡한데 팍 쉬어 버린 걸지도."

A와 절교한 뒤에 현이와 부쩍 가까워졌다. 경기 북부에서 살던 나와 경기 남부에 사는 현이는 아무런 연고도 없는 대학로나 건대입구역에서 만나 떡볶이를 먹고 맥주를 마셨다.

경기도민들은 어디든 1시간 거리면 가깝다고 생각한다. 1시간 30분 정도면 갈 만하다고 여긴다. 지하철을 두 번 갈아타거나, 버스 터미널 시간표를 살피는 것쯤은 아무것도 아니다. 나는 가끔 광역 버스를 타고 현이의 자취방으로 갔다. 현이가 내 쪽으로 온 적도 많다. 그땐 동네 맛집에서 또 맥주를 마셨다.

"내가 너한테 떡볶이를 배웠잖아. 분식집 근처엔 가질 않았는데. 쫄면, 비빔면, 냉면, 라면 다 안 먹을 때니까."

"주변에서 밀가루 싫다던 사람은 언니뿐이었어. 밀가루가 얼마나 맛있는데."

"해외여행 갔다가 귀국했을 때 제일 먹고 싶은 것도 떡볶이더라. 주기적으로 꼭 먹어야 해."

당연한 걸 말해 뭐하냐는 듯 현이가 떡들을 건져 내고, 남은 양념에 밥을 볶았다. 모차렐라 치즈가 녹으며 기름지고 고소한 냄새가 풍겼다. 스테인리스 숟가락으로 살짝 눌은 볶음밥을 떠먹었다.

우리는 한동안 볶음밥에 열중했다. 마음 맞는 친구와 함께할 땐 침묵이 껄끄럽지 않다. 침묵을 메우려고 애쓸 필요도 없다. 이마를 맞대고 냄비를 긁어대도 우습지 않다.

뭐든 해도 된다거나, 함부로 침범해도 괜찮다는 뜻은 아니다. **친구든, 연인이든, 가족이든 무례가 용인되는 관계는 없다. 무례는 아무것도 증명하지 못한다. '좀 편하게 해도 문제없던데?' 당사자는 괜찮을지 몰라도 누군가 인내 중일 수 있**

다. 상처를 감추는 중일지도 모른다.

반드시 이어 가야 할 관계는 없다. 모든 관계는 언젠가 끝난다. 보내는 방법도, 떠나는 방법도 언젠가는 익혀야 한다.

"모든 헤어짐은 잘 헤어진 거란 말도 있잖아. 관계의 문이 일방적으로 닫혔을 땐 죽도록 힘들었는데, 살다 보니까 새로운 문이 열리더라."

"내가 그 새로운 문이었어?"

"그럼. 문틀에 기름칠도 자주 하고, 문고리도 조심조심 만지지. 갑자기 잠겨 버리면 안 되니까."

A가 떠났을 때 가슴에 구멍이 뚫린 듯했다. 구멍을 메꾸려고 열리지도 않은 문을 두드리고 다녔다. 하지만 A의 구멍은 딱 A 모양이어서 다른 무엇으로 대체되지 않았다.

현이 역시 누구를 대체할 존재가 아니었다. 내 안에서 그만의 형태로 자리 잡았다. 내가 내준 마음 이상으로 날 허락해 줬다. 그것만으로 A의 구멍은 점점 작아졌고, 이윽고 보이지 않게 되었다.

"자취방에 놀러 갔을 때 네가 나 먹으라고 딸기 사 놨었잖아. 냉동실도 없는 소형 냉장고를 꽉 채울 만큼 알이 굵은 딸기였어."

"언니가 딸기 좋아하니까."

"넌 알러지 때문에 딸기 못 먹잖아?"

현이가 말없이 웃었다. 나는 그녀를 만날 때마다 향기롭고 반짝이는 딸기를 떠올린다. 누군가를 기쁘게 해 주고 싶은 마음과 그런 마음을 주고받을 수 있는 관계의 소중함을 되새긴다.

요즘 우리는 예전처럼 자주 만나지 못한다. 시간이 흘렀고 상황이 변했다. 하지만 내 안의 현이는 그대로다. 그녀 안의 나도 그러리라 믿는다. 더 많은 게 변하더라도 우리는 괜찮을 거다. 그걸, 떠나간 사람들이 가르쳐 줬다.

네가 좀 더 행복했으면 좋겠어.

힘든 날이 지나가고,

크게 웃는 날들이 왔으면 좋겠어.

그때 우리가 함께 있을 수 있다면

네 손을 꼭 잡고 말할 거야.

네 손은 여전히 따뜻하고 부드럽다고.

무엇도 널 손상시킬 수 없을 만큼.

넌 못해,
라는 따뜻한 말

오늘은 뭘 해 먹지?

나는 요리를 좋아한다. 신선한 식재료를 골라 썰고, 볶고, 끓이는 과정이 즐겁다. 나만의 레시피를 창조하기도 한다. '파스탕'이라고 이름 붙인 오일 파스타는 파스타라기보단 백짬뽕에 가까운데, 통영 생굴과 마늘을 잔뜩 넣으면 감칠맛과 시원함이 대폭발한다.

손이 많이 가는 요리도 마다치 않는다. 피클도 담그고, 무생채도 무치고, 탕수육을 튀기기도 한다. 시행착오 끝에 튀김은 사 먹는 것으로 결론 내렸지만 새로운 요리에 도전하는 것 자체가 신난다.

한번은 마트 오픈 행사에 갔다가 돼지 등뼈를 3kg이나 샀다. 저렴한 가격에 혹해 어마어마한 양의 고깃덩어리를 짊어지고 왔다. 핏물을 빼고, 초벌로 삶아 흐르는 물에 부유물을 씻어 낸 후 압력솥에 쪘다. 문제는 그날따라 시래기를 잔뜩 넣은 감자탕이 먹고 싶었다는 거다.

동네 슈퍼를 샅샅이 뒤졌지만, 시래기를 찾지 못했다. 재래시장에 다녀와야 하나? 그냥 우거지로 할까? 고민 끝에 오늘의 식욕을 내일로 미루고 인터넷으로 시래기를 주문했다.

다음날, 텅 빈 게 아닐까 의심스러울 정도로 가벼운 택배가 도착했다. 상자 안엔 누르스름한 시래기가 차곡차곡 들어 있었다. 건드리면 파사삭 부서지는 이파리와 영장류의 치아로 도저히 끊지 못할 것 같은 억센 줄기.

시래기 삶는 법을 검색하다가 엄마에게 전화를 걸었다. 사남매와 결혼 안 한 시동생 둘, 근처에 사는 시누이의 자식들까지 거둬 먹인 엄마라면 뭔가 방법이 있을 거였다.

"엄마. 시래기가 원래 이렇게 질겨?"

"그걸 샀어? 시래기가 손이 얼마나 많이 가는데."

"푹푹 삶으면 되는 거지?"

"하루 정도 불렸다가 삶고, 뜸도 들여야 해. 그래야 군내가 안 나."

"어쩐지. 호락호락하지 않더라."

"그냥 뒀다가 엄마한테 가져와. 엄마가 손질해 줄게. 냉장고에 얼려 놓은 것 있는데 택배로 보내 줄까?"

"괜찮아. 한번 시도해 볼게."

"어휴, 넌 못 해! 뜨거운 거 만지다가 손 데지 말고 가져와."

그때 나는 덜 식은 시래기 껍질을 벗겨 내려다 내 손끝을 벗겨 낸 상태였다. 엄마는 그걸 어떻게 알았을까. '넌 못 해.'라는 엄마의 단언이 왠지 따스했다.

나는 뭐든 할 수 있다고 믿는 사람이다. 여건은 고려 대상이 아니다. 별거 아닌 일에 죽자고 달려들었다가 제풀에 나가떨어질 때도 여러 번. 그렇게 체력과 시간을 탕진하고 나면 꼭 탈이 난다. 내가 벌인 일을 수습하고 앓아누운 날 간호하는 사람은 따로 있다.

"오후에 대청소하고, 도서관 가서 책 반납하고, 공원도 한 바퀴 돌자! 트레이더스 들러서 맥주랑 반찬거리도 사 오고."

호기롭게 외치는 내 어깨를 반도가 꾹 눌렀다.

"넌 못 해."

그의 단호한 제지에 인상을 팍 구겼다.

"시도도 안 해 봤는데 왜 못 한대? 할 수 있을지도 모르잖아!"

"무리하지 말고 한 개만 골라. 청소든, 산책이든, 쇼핑이든."

"……두 개."

"그럼 책 반납하고 산책만 해."

한참 구시렁댔지만 저항하지 않았다. 반도가 브레이크를

걸지 않는다면 나는 엔진 과열로 진작에 터져 버렸을지도 모른다.

'넌 못 해.'라는 말은 내가 너에 대해 속속들이 잘 안다는 뜻이다. 널 걱정한다는 말임과 동시에, 못 해도 괜찮다는 의미이기도 하다. 내가 해결하지 못하면 대신 수습해 주겠다는 따스함 또한 담고 있다.

'내 이럴 줄 알았다. 넌 할 줄 아는 게 뭐냐?', '못 하면 덤비질 마. 일도 못 하는 것들이 꼭 일을 벌여요!' 이런 식의 비아냥과는 하늘과 땅 차이다. '넌 무능력하니까 내게 전부 맡겨. 대신 내 말에 순종해야 해.' 이쪽으로 빠지면 가스라이팅이고.

"어른이라면 스스로 책임져야지. 수동적이고 의존적인 삶은 질색이야!"

어릴 때부터 강하고 독립적인 성인이 되고 싶었다. 약한 모습을 들키고 싶지 않았다. 하지만 아무리 애써도 혼자 해결할 수 없는 일이 있다.

대학을 졸업하려면 전공 필수인 미학 수업을 들어야 했다. 한쪽 귀를 못 쓰는 내게 백발이 성성한 노교수의 목소리는 너무 낮았다. '그래서 아리스토텔레스가 어쩌고 어쨌다고?' 가뜩이나 어려운 내용이 들리지도 않으니 등 뒤로 식은땀이 줄줄 나더라.

강의 내내 신경을 곤두세웠지만, 알아들은 척 고개를 끄덕이며 낭패감을 숨기는 게 내가 할 수 있는 전부였다.

평소와 다른 나를 지켜보던 친구가 필기 노트를 보여 줬다. 중요한 내용을 귓속말로 요약해 주기도 했다. '나도 저 교수님 이야기는 못 알아듣겠더라. 저 정도면 외국어 아니냐?' 잡담하지 말라는 눈총을 받으면서도 친구는 꿋꿋이 통역사 노릇을 해 줬다.

처음엔 고마움보다 무안함과 미안함이 더 컸다. 친구에게 폐 끼치고 싶지 않은 마음에 강의실 앞에서 발길을 돌린 적도 있었다.

내 마음을 어떻게 알았는지 친구는 내 덕에 미학 공부를 제대로 한다며 「A+ 받으면 한턱 쏠게.」라고 메시지를 보냈다. 나도 친구도 가까스로 B-를 받았을 뿐이지만.

《단단한 삶》의 저자 야스토미 아유무는 '자립은 의존하는 것'이라고 말한다. '인간은 누군가에게 의존하지 않고는 살아갈 수 없는 동물'이며, '소수의 타인에게 의존하는 것이야말로 타인에게 종속되는 상태'라는 것이다.

'이 사람에게 버림받으면 나는 끝이야!'라고 생각하게 되면 그 사람에게 종속되기 때문이다. "도와주세요."라고 말할 수 있을 때 진정한 의미의 자립이 이루어진다는 게 낯설게 다가왔다.

어느 날 마트에서 나는 저녁 반찬거리를 찾고 있었다. 손바닥만 한 크기에 붉은빛이 도는 낯선 생선에 눈길이 갔다. 신선해 보이는 데다가 가격도 엄청 저렴했기 때문이었다.

'무턱대고 샀다가 버리면 어쩌지? 무슨 생선인지도 모르는데.' 해산물 코너를 빙글빙글 도는 내게 중년 여성이 다가왔다.

"도루묵이에요. 제철이라 알이 튼실하네."

"아, 그래요? 이건 어떻게 요리하는데요?"

"굽기도 하고, 탕을 끓이기도 하지. 조림으로 해도 맛있고. 양이 많은데 사서 나랑 반씩 나눌래요?"

갑작스러운 공구 제안에 고개를 끄덕였다. 그분은 내게 싱싱한 콩나물 고르는 법과 마트 할인 시간을 알려 줬다. 도루묵 한 봉지를 사서 돌아오는 내내 가슴이 뜨끈하고 든든했다.

세상에 완벽한 사람은 없다. 다들 알면서도 자신의 부족한 부분을 숨기려 한다. 그러다 더 큰 실수를 저지르기도 한다. 모든 걸 혼자서 해내야 한다고 생각하는 건 책임감이 아니라 오만이다. 그러다 망하면 하소연할 데도 없다.

건강하게 도움을 받을 수 있어야 나도 누군가를 도울 수

있다. 네가 100원 받았으니, 내게도 100원 내놓으란 뜻이 아니다. 내가 가진 걸 나눌 수 있는 마음과 도움을 구하면 받을 수 있으리란 신뢰를 주고받으란 거다. 그것이 우릴 둘러싼 세계를 더 따뜻하고 단단하게 만든다고 믿는다.

완벽하지 않으면 어때요.

모든 걸 잘하지 못해도 돼요.

누군가에게 부탁하는 걸 두려워하지 마세요.

당신도 스스럼없이 도울 따뜻한 사람이잖아요?

엄마의 보호자였던 하룻밤

남매들 모두 출가하고 나 혼자 부모님 집에 얹혀살 때다. 반도와 연극 <아마데우스>를 보러 가기로 했다. 초연인 데다 내가 좋아하는 배우가 주연으로 캐스팅되어 들뜬 마음을 감출 수 없었다. 나는 용궁 목욕탕에 들러 꼼꼼히 때를 밀고, 스킨을 일곱 번 뿌려 가며 화장에 공을 들였다. 여유 있게 공연장으로 출발하려는데 엄마한테서 전화가 왔다.

"엄마 좀 데리러 올래? 허리 시술받았는데 움직일 수가 없네."

"주사 맞으러 간 거 아니었어?"

"시술받고 당일 퇴원할 수 있다고 그랬는데……."

낮고 지친 목소리에 짜증이 밀려왔다. 티케팅 첫날 가까스로 예매한 앞 열 중앙 블록 표였다.

"나 지금 나가야 하는데. 혼자 못 와?"

"엄마도 그러려고 했는데……."

엄마 말투가 평소와 다르단 걸 그제야 눈치챘다. 너무 아파서 그러나? 무슨 시술을 받았길래 저러지?

병원에서 집까지 걸어서 10분 거리였다. 공연 팸플릿도 사고, 인증샷도 찍으려면 서둘러야 했다. 종종걸음으로 병원에 도착해 보니 분위기가 심상치 않았다.

엄마는 수술용 침대 위에 모로 누운 채 신음하고 있었다. 차트를 넘기며 고개를 갸웃대는 의사만큼 불길한 존재가 또 있을까? 심장이 쿵쿵 요동치기 시작했다.

"어머님께서 입원하셔야 할 것 같습니다. 지금쯤이면 통증도 가라앉고 열도 떨어져야 하는데 이상하네요."

"뭐가 어떻게 이상한데요?"

"자세한 건 검사를 해 봐야 합니다. 염증 수치가 너무 높아요."

이 무슨 주말 연속극에서나 볼 법한 광경이란 말인가. 나는 끙끙 앓는 엄마의 이마를 짚었다. 식은땀으로 젖은 이마는 넝지 부근이 저릿해질 만큼 뜨거웠다.

불안했지만 최면을 걸 듯 스스로를 다독였다. '시간이 지나면 괜찮을 거야. 무슨 큰일이야 나겠어? 우리 엄마가 얼마나

건강한데.'

엄마는 우리 집에서 제일 건강한 사람이다. 힘도 세고 체력도 끝내준다. 대여섯 시간 동안 등산하고, 김장 준비도 척척 해낼 정도다. 운동 신경도 남달라서 어릴 땐 육상과 핸드볼 선수로 활약했다. 나는 끌지도 못하는 20kg 쌀 포대도 번쩍번쩍 들었다.

"엄마가 다 할 테니까 넌 이거나 들어."

다 큰 딸에게 가벼운 짐만 들려 주던 엄마. 잔병치레라고는 모르던 엄마. 그런 엄마의 상태가 점점 더 나빠졌다. 그게 눈에 보였다.

"왜 이렇게 아플까? 너무 아파. 집에 가야 하는데."

엄마가 두서없는 혼잣말을 중얼거렸다. 몸이 쉼 없이 떨렸다. 엄마의 정신이 몸과 분리되어 먼바다를 떠도는 것 같았다. 나는 엄마의 어깨를 흔들며 다그쳐 물었다.

"엄마. 나 좀 똑바로 봐. 무슨 일이 있었던 거야? 엄마 친구들도 여기서 시술받았다며?"

"몰라, 모르겠어."

"언제부터 아픈 건데?"

"……몰라. 나 잘 모르겠어."

까맣고 동그란 눈에 초점이 흐렸다. 이리저리 방황하는 눈동자를 들여다보며 비명을 삼켰다. 엄마는 무얼 모르는 사람이 아니다. 뭐든 다 알았다. 확실하지 않은 주장을 펼치다 나와 말다툼을 벌이기도 했다.

'돌게보다 꽃게가 더 비싸다니까?' '돌게가 더 비쌀걸?' '검색해 보면 다 나오는데 왜 고집을 부려?' '엄마 생각엔 돌게가 더 귀할 것 같으니까 그러지.'

어떤 상황에서도 자기만의 생각이 있는 사람. 밝고 명료한 목소리로 제 생각을 표현하는 사람.

"젖은 수건으로 어머니 몸을 닦아 드리세요. 열이 얼른 떨어져야 해요."

간호사가 내게 수건 두 장을 줬다. 찬물로 수건을 빨았다. 환자복을 벗기고 엄마의 몸을 닦았다. 수건이 미지근해지면 다른 수건을 수돗물에 적셨다. 몇 번이나 반복했는데도 엄마의 열은 내리지 않았다. 괜찮냐고 차마 묻지 못했다. 엄마가 또 모르겠다고 하면 나도 무너질 것 같아서.

"어떡하지. 엄마가…… 지금…… 실수를 한 것 같아."

엄마가 난처한 얼굴로 입술을 뗐다. 땀에 젖은 환자복이 유난히 축축했다. 엄마를 화장실로 부축해 씻기고 새 환자복으로 갈아입혀 드렸다.

"괜찮아, 엄마. 의사들이 금방 괜찮아질 거래. 조금만 참으면 돼. 아무 걱정 하지 마. 알았지?"

엄마가 아니라 내게 하는 말이었다. 내가 어른이 된 만큼 엄마도 늙었다는 걸 알고 있었다. 시큰대는 무릎 때문에 지리산 종주를 못 하게 됐다는 것과 김장하고 나면 몸살을 앓는다는 걸 알면서도 모른 척했다. 엄마가 내 손이 닿지 않는 먼 곳으로 가 버릴까 봐. 그걸 체념하게 될까 봐.

"엄만 애 넷을 다 어떻게 낳고 키운 거야? 그땐 전부 천 기저귀였잖아?"

"하나 채우고, 하나 빨고, 하나 널고 그랬지."

"안 힘들었어?"

"그래도 좋았어. 너희들도 건강하고, 나도 젊고. 뭐든 다 할 수 있었지."

"과거로 돌아가면 네 명이나 또 낳을 수 있어?"

"그럼 또 낳지. 몇 번이라도 낳아야지."

"너무 힘들잖아."

"하나도 안 힘들어. 너희가 있는데 왜 힘들어."

밤이 깊어지면서 엄마의 고통도 조금씩 잦아들었다. 엄마는 잠들었고, 나는 보호자용 침대에 웅크린 채 엄마와 나눴던 대화를 하나씩 더듬었다. 또 실수하게 될까 봐 두려웠던 걸까. 엄마는 여러 번 화장실을 들락였는데, 그때마다 내 부축을 받기가 민망했나 보다.

"그냥 자. 엄마 혼자 갈 수 있어."

"엄마 혼자 가지 마. 이것도 안 하면 내가 뭐하러 있어?"

"잠도 못 자고. 나 때문에 고생하네."

"뭐가 고생이야. 하나도 안 힘드니까 엄마 몸만 생각해."

거짓말이었다. 긴장 때문에 온몸이 욱신거렸다. 이명과 어지럼증도 심해졌다. 하지만 언니는 둘째를 임신 중이었고, 여동생은 멀리 살았다. 남동생은 내일 출근해야 했고, 아빠는 아픈 사람 곁에서 할 줄 아는 게 없었다.

"나 있어서 참 다행이다. 그치?"

그럼 그럼. 우리 딸이 최고지. 엄마가 희미하게 웃다가 잠들었다. 나는 엄마의 손을 한참 쓰다듬었다. 손가락이 길고, 마디가 굵은 게 나랑 어쩜 이렇게 똑같은지. 누가 모녀 아니랄까 봐.

다음 날 새벽. 엄마와 나는 구급차를 타고 큰 병원으로 옮겼다. 엄마는 길고 긴 검사를 받았다. 일주일이나 입원했지만, 다행히 더 큰 문제는 생기지 않았다. 허리 시술을 했던 병원에서 굴비 한 상자를 보냈다. 치료비도 그 병원에서 댔는데 끝까지 의료 사고라는 걸 인정하지는 않았다.

그날 밤 나는 엄마의 유일한 보호자였다. 처음이라 모든 게 서툴렀다. 다음엔 더 잘할 수 있으려나? 아주 아주 먼 미래에 우리가 헤어지는 날이 오기 전까지 엄마를 더 많이 지켜 주고 싶다.

내가 병실에서 밤을 꼬박 지새울 수 있었던 건 몇 시간 뒤에 언니가 오기 때문이었다. 남동생도 연차를 내고 달려왔다. 멀리 사는 여동생도 곧 도착했다. 아빠도 내색은 안 했지만 밤새 뒤척였을 거다.

깊이 잠든 엄마의 고른 숨소리에 마음이 놓였다. 기다렸던 내 배우의 공연, 허공으로 사라진 티켓값에 속이 쓰렸지만, 그깟 게 무슨 문제랴.

엄마가 집으로 돌아온 날, 삐뚤어졌던 일상이 겨우 제자리로 돌아왔다. **우리는 언젠가 소중한 사람과 이별한다. 불행도 좋은 사람 나쁜 사람 가리지 않는다. 우리가 할 수 있는 건 사랑하는 사람에게 얼굴을 자주 보여 주고 사랑한다는 말을 더 많이 들려주는 것뿐이다.**

그러니까 아무 걱정하지 마, 엄마.

하고 싶은 것도 다 해.

크루즈 여행도 가고,

과일나무도 키우고,

예쁜 원피스도 자주 입어.

내가 엄마의 보호자가 될 테니까

엄마는 행복하기만 해.

PART 4

잘 풀리는 인생은 따로 있다

더 밝고, 건강하고

긍정적인 당신을 꿈꿔 보세요

그리고 매일 말해 주세요

잘하고 있다고, 어차피 잘될 거라고

문해력
뭐가 문제지?

어떤 선생님이 가정 통신문에 '체험 학습 시 중식 제공'이라고 적었다. 가정 통신문을 받은 학부모가 학교에 민원을 넣었다. '우리 애는 중국 음식을 싫어하는데 일방적으로 점심 메뉴를 결정하면 어떡하느냐.'는 거였다.

믿기 힘든 일이 심심치 않게 벌어지는데, 요즘 사람들 문해력이 문제라고 한다. 문해력이 기본도 안 된다는 목소리도 자주 들린다. "그래서 문해력이 뭔데?"라고 물으면 뭐라고 답해야 할까?

문해력(文解力) : 글을 읽고 이해하는 능력 [표준국어대사전]

한글을 못 읽는 사람도 있나? 세계에서 문맹률이 가장 낮은 나라가 대한민국이라던데?

문자를 읽을 수 있어도 의미를 파악할 수 없다면 실질적으로 모르는 것이다. '음성적 읽기'에 그치지 않고, 맥락까지 해독하는 것이 문해력이라고 한다. 문해 능숙도라고도 한다.

유네스코는 '문해는 다양한 글과 출판물을 사용하여 정의, 이해, 해석, 창작, 의사소통, 계산 등을 할 수 있는 능력'이라고 정의한다. 안타깝지만 우리나라는 OECD 국가 중에서도 문해율이 낮은 편에 속한다고.

어휘를 많이 알면 되는가? 어휘만이 문해력을 좌우하진 않는다. 하지만 낯선 단어가 나올 때마다 사전을 찾아봐야 한다면 글을 술술 읽어 내긴 어려울 거다.

자신의 문해력 수준을 점검해 볼 수 있는 테스트도 여럿 있다.

"훗, 나 정도면 상위 1%겠지. 이래 봬도 현직 작가인데!"

호기롭게 문해력 테스트를 시작했다. 결과는 내 예상을 훨씬 밑돌았다. 이제부터 공부하면 된다는 응원의 메시지가 원망스러울 만큼!

1. 다음 중 괄호에 들어갈 말로 적절한 것은?

- 인터넷 쇼핑몰에서 신용카드로 32,000원을 (a)했다.
- 부장은 대리의 보고서가 마음에 들지 않았지만 (b)했다.

① (a) 결제 (b) 결재

② (a) 결재 (b) 결제

2. 남자는 여자를 처음 본 자리에서 '이지적이시네요.' 라고 말했다. 이때 여자의 반응으로 적절한 것은?

① 내가 이지(easy)해 보여? 초면에 불쾌한 남자군!

② 잘난 척하네. 요즘 누가 그런 단어를 써?

③ 이성과 지혜가 어우러진 사람으로 보인다고? 내게 호감이 있는 게 분명해!

3. 작가님의 1월 인세는 (a)익월 말일 지급됩니다. (b) 명일 세부내역서를 발송해 드리오니 확인 바랍니다. 작가가 인세와 세부 내역서를 받는 날은?

① (a) 3월 (b) 오늘

② (a) 2월 (b) 내일

③ (a) 1월 (b) 모레

정답: 1-①, 2-③, 3-②

어휘 문제는 비교적 쉽게 풀었다. 하지만 문항을 읽고 추론하거나, 계산해야 하는 질문이 나오자 머리가 핑글핑글 돌아가기 시작했다.

'4인 가족이 다자녀 할인을 받고 부산행 KTX호 열차를 탔다가 40분 지연되면 얼마를 환불받는가?'라는 질문에 대답할 수 없었다. 산수부터 글러 먹은 탓이다.

의약품 설명서나 근로 기준법 일부를 읽는 문제에서도 숨이 턱턱 막혔다. 낯선 정보를 기억하고, 정리해서 해답을 내놓는 게 너무 어려웠다. 줄 바꿈이 되지 않은 빽빽한 문단을 한 호흡에 읽는 것부터 힘겨웠다. 나도 모르는 사이 짧고, 쉬운 문장에 길든 모양이다.

어떤 사람들은 '알아들을 수 있도록 쉽게 써야지. 왜 일을 복잡하게 만들어?'라며 항의하기도 한다. 나도 비문으로 꽉꽉 채워진 아파트 관리사무소 공지를 읽을 때마다 비슷한 생각을 한다.

"제발 문장 좀 끊어 주세요. 3줄 요약해 주면 더 좋고요!"

웹소설 작가 지망생이나 내 학생들에게 가독성을 강조한다. 한자어는 쉬운 우리말로 바꿔 쓰라고도 권한다.

"독자는 기다려 주지 않아요. 먹고살기도 팍팍한데 골치 아픈 글 읽고 싶겠어요? 어렵고, 지루하고, 낯선 글은 선택받기 어려워요. 무조건 술술 잘 읽히게 쓰세요."

하지만 세상의 모든 글이 쉽고, 편할 순 없다. 기업이나 정부 기관이 사용하는 공문서를 떠올리면 쉽다. 많은 정보를 한정된 지면으로 전달하려면 압축이 필요하다.

게다가 한국어는 한자어와 떼려야 뗄 수 없는 관계다. 우리말로 쓰면 길어지는 문장도 한자어로 바꾸면 짧고 명료해진다.

이곳에 차를 세우면 안 됩니다. → 주차금지
깨지기 쉬운 상품이니 조심해 주십시오. → 파손주의
비가 와도 예정대로 진행합니다. → 우천불구강행

명확한 뜻을 전달하기 위해 한자어를 써야 할 때도 있다. 법전에 한자가 빽빽한 건 그 탓이다. 1980년대 후반까지만 해도 신문은 한자투성이였다. 이제 한자를 혼용하던 시대는 저물었고, 한자 교육열도 서서히 식었다. '어휴, 다행이네! 대한민국 사람이 한글만 알면 됐지.' 과연 그럴까?

이동진 평론가는 봉준호 감독의 영화 〈기생충〉에 대해 "상승과 하강으로 명징하게 직조해 낸 신랄하면서도 처연한 계급 우화"라는 한 줄 평을 남겼다. 그 뒤에 논란이 일었다. 너무 어렵게 썼다는 것이다.

장편 영화를 한 문장으로 표현하려면 고도의 기술이 필요하다. 문학적인 완성도도 요구된다. 쉽게 풀어 쓰자면 '위, 아래로 명확하게 엮어 낸 예리하고도 쓸쓸한 계급 이야기'쯤이 될 텐데 느낌이 완전 다르다. 맛이 안 사는 거다.

이동진 평론가도 한 예능 프로에서 이렇게 해명했다.

*"위와 상승은 다르다. 상승은 위로 가는 방향과 동선을

* tvN 예능 프로그램 '유 퀴즈 온 더 블럭' (2021. 4. 14. 방송분)

의미한다. 하강이라는 뜻도 밑으로 내려간다는 뜻이다. (중략) 실제로 주인공이 처음 아르바이트생으로 부잣집을 갈 때 계속 언덕과 계단을 오른다. 그리고 가장 참혹한 순간에 비가 오면 가족들이 하강을 계속한다. 계급 문제를 다룬 시각적인 톤이다."

그 밖에도 '명징'과 '직조'라는 표현과 '신랄하고 처연한'에 대한 이유도 설득력 있게 풀어 냈다. 그 뒤에 이동진 평론가는 진행자들에게 "억울하죠? 괜찮죠?"라고 물었다. 나는 좀 어리둥절했다.

'명징과 직조가 그 정도로 어려운 어휘인가? 어려우면 못 쓰는 건가? 모든 글을 다 쉽게 써야 하는가? 무조건 쉽게만 쓰라고 강요하는 건 표현의 자유 침해 아닐까?'

낯선 표현 앞에서 멈칫하는 건 나도 마찬가지다. 시사 프로그램에서 '매'란 단어가 '그을음'이란 뜻으로 쓰이는 걸 처음 봤다. 과학 수사에서만 사용하는 표현일까? 고개를 갸웃거리며 사전을 찾아봤다. 매연煤煙, 연료가 탈 때 나오는 그을음이 섞인 연기이란 단어를 보고 나서야 궁금증이 가셨다.

우리말 연구에 힘썼던 이오덕 선생은 '공연히 어려운 한자말을 쓰는 것은 될 수 있는 대로 민중들이 잘 안 쓰는 말을 써서 자기 유식함을 자랑하려 하거나, 적어도 너무 쉬운 말을 써서는 자기가 무식하게 보이지 않을까 하는 염려 때문이 아닌가 한다.'고 썼다.

백번 공감한다. 하지만 '어려운 한자어'와 '민중이 잘 안 쓰는 말'의 기준은 어떻게 정할까?

호랑이, 기린, 귤, 포도, 계란, 미안, 오밀조밀, 도대체, 어차피…… 심지어, 심지어甚至於도 한자어다. 누구에겐 '명징'과 '직조'가, 또 다른 누군가에겐 '매연'이나 '심지어'가 어려운 한자어가 될 수 있다.

"왜 어려운 한자어를 써? 표현 방법이 그거밖에 없어?"

"이 어휘를 모르는 내가 무식한 거야? 똑똑한 척하려고 어려운 단어를 쓴 사람이 잘못된 거지!"

불쾌를 넘어서 분노하는 사람을 보면 참 난감하다. **상식과 몰상식을 나누고, 대중과 일부를 쪼개고, 정당과 그름을 판가름하는 사람이 너무 많다. 우리는 더 좁고 더 각박한 곳으로 내몰린다.**

지적인 사람은 자신의 무지를 인정할 줄 안다. 자신이 아는 것이 세상 전부라 믿는 건 무지를 고백하는 꼴이다. 서로를 이해하지 못하면 아무리 쉬운 글을 써도 소통할 수 없다. 문해력의 핵심은 소통과 이해라는 걸 기억했으면 좋겠다.

일제 강점기 시절 일본인들은 우리에게서 말과 글을 빼앗았다. 사상을 억압하고 자유를 박탈하는 과정이었다. 예나 지금이나 권력자들은 대중을 지배하기 위해 말과 글을 통제한다. 현재 우리는 자유로운가? 늘 통제받다 스스로 검열하며 살고 있진 않은가? 한 번쯤 생각해 볼 문제다.

상식이든 아니든 뭐 중요한가요?

모르면 배우면 되지.

영어 단어를 외우는 것만큼

지적인 어휘를 늘려 가는 것도 중요해요.

새로운 지식을 쌓고,

사고의 영토를 넓혀 가는

기쁨을 발견하길 빌어요.

이런 모습까지
사랑해 주는 남자는 없다

한 예능 프로그램에서 코미디언 신봉선이 '미친개'라는 캐릭터로 분장했다. 덥수룩한 머리, 싯누런 금목걸이, 코와 턱에 수염까지 그려 넣은 그녀는 등장만으로도 웃음을 자아냈다. 다른 출연자들도 저마다 개성 강한 분장으로 시선을 사로잡았다.

분장한 모습들이 딱해 보였을까, 한 여성 출연자가 "괜찮아. 이런 모습도 사랑해 주는 남자 만나면 돼."라고 위로했다. 그러자 신봉선이 대꾸했다. "이런 모습 사랑해 주는 남자는 잘 없어. 44년을 살았는데, 없어. 난 돈과 결혼을 바꿨어 나는 오늘도 돈을 벌러 나왔어."

단호한 말투와 비장한 눈빛이 몹시 인상적이었다. 삶의 방식을 고민하고, 선택한 사람만이 가질 수 있는 자부심이 엿보

였달까. 그녀의 한마디에 분장쇼는 치열한 노동 현장으로 뒤바뀌었다. 짜릿한 전환의 순간이었다.

'나의 모든 걸 사랑해 주는 사람이 존재할까? 세상의 반은 남잔데 잘 찾아보면 있지 않을까?'

그런 게 궁금하던 시절이 있었다. 군인이던 남자친구과 이별한 직후였다. 나는 한여름에 뼈가 시릴 만큼 외로웠고, 새 아르바이트에 적응하지 못해서 맘고생 중이었다.

쾌활하고 손재주가 좋던 아르바이트 선배를 눈여겨보기 시작한 것도 그즈음이었다. 나보다 키도 작고, 외모도 평범했지만, 왠지 모르게 끌리는 사람이었다. 그도 싫지 않은 기색이었다.

그는 내 다리가 예쁘다고 칭찬했고 머리를 기르면 더 매력적으로 보일 거라고 조언했다. 나와 사귀고 싶지만, 옛 연인을 잊지 못했으므로 어렵다고 했다. 자신은 사랑에 푹 빠지는 타입이 아니고 서서히 스며드는 사람이라나.

싱거운 고백이 끝난 후에 그가 영화를 보자고 했다. '으응? 나 차인 거 아닌가?' 의아했지만 싫지 않았다. 우린 같이 밥도 먹고 손도 잡고 밤늦도록 통화하는 사이가 됐다.

'이게 사귀는 게 아니면 뭐예요?' 묻지 못했다. 그에게 시간이 필요한 거라고 짐작했다. 내가 좀 더 노력하면 언젠가 진짜 연인이 될 줄 알았다.

하지만 그는 갑자기 약속을 취소하거나, 아무 연락 없이 사라질 때가 많았다. 내 목소리가 너무 크다든가, 무표정한 얼굴이 무섭다든가, 걸음걸이가 남자 같다며 지적하기도 했다.

나는 그에게 항의할 수 없었다. 내겐 투정을 부리거나, 잔소리할 권리가 없다고 생각했다. 대신 머리를 길게 기르고, 미니스커트를 입고, 패션 잡지를 읽으며 화장법을 연구했다. 그에게 칭찬받으면 기뻤지만 나는 조금씩 흐릿하게 닳아갔다.

시간이 지날수록 그가 아닌 나 자신에게 질문을 던졌다.

'나는 이 관계에서 뭘 바라는 거지? 왜 그의 환심을 사기 위해서 날 바꿔야 하지? 연애가 그만큼 중요해? 연애가 뭔데?' 길고 긴 고민 끝에 그의 연락처를 지웠다.

그는 '너한테 실망했다. 좋다고 할 땐 언제고, 사람이 그렇게 갑자기 변하느냐? 이제라도 돌아오면 받아 주겠다.'라며 너그러운 체했다. 그것이 감정의 찌꺼기를 치우는 데 도움이 됐다.

그때 나는 '썸남의 마음을 사로잡는 법' 따위를 검색해 보곤 했는데 출처를 알 수 없는 꿀팁이 지금도 떠돌아다닌다.

- 저렴해 보이지 않도록 옷차림에 신경 쓰되 때론 과감하게 매력을 어필하세요.

- 너무 완벽하면 부담스러우니까 적절히 허당기를 드러내세요.
- 칭찬으로 남자의 기를 살려주세요. 몰래 용돈을 챙겨 주는 센스는 백 점!

좋아하는 사람을 위해 애쓰는 게 나쁜 건 아니다. 스스로 가꾸는 것도 좋다. 존재만으로 사랑받는 사람은 극히 드물다. 부모도 그렇게 사랑해 주진 못한다. 먹고, 자고, 싸는 것만으로 칭찬받는 유아기가 아니라면.

내가 이기적이고, 게으르고, 더럽고, 무기력하고, 불평불만만 늘어놓는 인간이라고 가정해 보자. 밤낮으로 술을 퍼부으면서 폭언과 폭력을 일삼는대도 있는 그대로의 날 사랑해 줄 사람이 있을까?

사랑받고 싶다면 사랑받을 가치가 있는 인간이 되어야 한다. 무엇보다 스스로를 사랑하는 게 먼저다.

물론 사랑받지 않아도 괜찮다. 타인의 애정과 관심이 무슨 상관이랴. 나만 잘 먹고 잘 사면 되지. 연애는 귀찮고 혼자가 편하다는 사람도 많다. 남 눈치 안 보고, 자기 할 일 하면서, 얼마든지 삶을 누릴 수 있다. 가끔 잔소리에 시달리겠지만.

"넌 왜 연애를 안 하니? 젊은 애가 인생을 즐길 줄 알아야지. 영원히 청춘인 줄 알아?"

우리 사회는 타인의 시선에 지나치게 민감하다. 주변 눈치를 살피고 튀지 말라고 교육한다. '보통'의 기준은 매섭고도 엄격해서 조금만 빗겨 나가도 비난과 잔소리가 쏟아진다.

미디어에서는 연애와 결혼을 한없이 추켜세운다. 망한 연애와 결혼을 일종의 실패로 취급하며 은근히 소외시킨다. 연애와 결혼을 하지 않는다는 이유만으로 한심하고 불쌍한 인생 취급한다. 조급증과 불안이 생길 수밖에 없다. 인생의 기로에서 수동적 선택을 할 확률도 덩달아 높아진다.

여자는 29살, 34살, 39살을 조심해야 한다는 말을 들었다. '서른 전에 결혼하고 싶어서.', '삼십 대 중반은 넘기고 싶지 않아서.', '마흔이 되면 기회조차 없을까 봐.' 확신 없는 상대와 서둘러 결혼한다는 거다. 그 뒤엔? 굳이 설명하지 않겠다.

노골적인 야욕을 드러내는 사람도 있다. "나는 건물주 만나서 팔자 고칠 거야." 취향 존중합니다만, 남의 팔자를 고쳐줄 만큼 능력 있는 사람은 드물다. 얼마간의 인성과 일정 수준의 외모까지 따진다면 모래밭에서 바늘 찾기가 될 수 있다. 바늘 찾기에 성공했다 해도 무슨 대가를 치러야 할지 모른다.

인생은 셀프란 것만 기억하자. 한강뷰 아파트에 살고 싶고, 고급 수입차를 타고 싶다면 스스로 돈을 벌자. 그게 나를 지키면서 행복해질 수 있는 지름길이다. 어쩌면 유일한 길일지도 모른다.

지난 경험을 바탕으로 나 싫다는 사람 근처엔 가지 않게 됐다. 내가 좋은지 싫은지 모호하게 구는 사람도 멀리했다.

외롭지 않냐고? 전혀! 인간관계가 단출해져서 오히려 더 좋더라. **타인에게 날 맞출 필요 없다. 날 좋아하고 내가 좋아하는 사람만 만나고 살아도 된다.** '내가 싫으면 싫다고 솔직히 말해줄래? 안 보고 살면 그만이잖니?' 그렇게 묻는 편이 여러모로 속 편하다.

지금 곁에 있는 사람이

당신의 사랑을 받을 만한 가치가 있나요?

아니라면 내다 버리세요.

어떤 관계라도 인생의 주도권을 넘겨주지 말아요.

당신을 존중하고 귀하게 대하는 사람만 만나도 돼요.

진짜 그래도 괜찮아요.

아니, 그래야 해요.

우리가
겪지 말아야 할 일에 대해서

한낮의 광역 버스엔 사람이 없었다. 나는 창밖을 내다보며 음악을 재생했다. "길을 걸었지 누군가 옆에 있다고 느꼈을 때 나는 알아 버렸네 이미 그대 떠난 후라는 걸…" 산울림의 〈회상〉을 반복해서 듣는데 어떤 남자가 내 옆자리에 앉았다.

'뭐야. 빈자리도 많은데. 딴 데로 옮길까?' 하다가 참았다. 몇 정거장만 더 가면 내려야 했다. 그런데 이 남자가 슬금슬금 내 쪽으로 몸을 기울이는 게 아닌가. 담배 냄새가 밴 묵직한 머리통이 내 어깨를 짓눌렀을 때 남자를 불렀다. "저기요?" 잠든 건지, 잠든 척하는 건지 팔짱 낀 남자는 꿈쩍도 안 했다.

불쾌했지만 항의하는 것도 마땅치 않았다. 남자는 내 신체를 노골적으로 바라보지 않았고, 몰래 카메라를 찍지 않았으며, 손으로 더듬지도 않았다.

'왜 멀쩡한 사람을 치한 취급해? 내가 뭘 어쨌다고?'라고 큰소리를 치면 나만 곤란해질 것 같았다. 에이씨. 똥이 무서워서 피하냐, 더러워서 피하지.

"비켜 주세요. 나갈 거예요." 이번에도 남자는 못 들은 척했다. 한 번 더 단호하게 말하자, 그제야 꿈지럭거리며 다리를 옆으로 접었다. 좁은 공간을 빠져나가려면 필연적으로 남자와 살이 맞닿을 수밖에 없었다.

이게 나랑 장난치나? 화를 꾹꾹 누르며 말했다. "일어나세요. 나갈 거라니까요?" 평소라면 '죄송한데' 혹은 '실례지만'이라고 덧붙였겠지만 나는 전혀 죄송하지 않았고, 모든 실례는 그 남자가 하고 있었다.

남자가 마지못해 일어났다. 나는 내리는 문 바로 앞자리로 피신했다. 그때 남자가 하차 벨을 눌렀다. 버스에서 내리는 동시에 남자는 내 다리를 위에서 아래로 쓸어내렸다.

"이 개새끼가!"라고 외쳤지만 남자는 도망친 뒤였다. 버스는 다시 출발했다. 역겨운 감촉과 모멸감만 남긴 채.

너덜너덜한 기분으로 집에 돌아와 분노를 토해 내자 언니는 출근길 지하철에서 당했던 일을 들려줬다.

"내가 양재로 출퇴근할 때였어. 2호선에 사람이 좀 많아? 숨 쉴 틈도 없이 빽빽하게 붙어 가는데 웬 놈이 뒤에서 이상한 소리를 내더라고. 미친놈인가? 하고 말았는데 치마 뒷부분에 허옇고 끈적끈적한 게 묻어 있더라니까! 그날 처음 입은 치마였는데!"

언니는 회사 탕비실에서 무엇인지 짐작하고 싶지 않지만, 도저히 모를 수 없는 그것을 빨았다고 한다. 변태의 그것이 묻은 옷감은 뻣뻣하고 꾸떡해져서 만지는 것조차 끔찍했다고.

한 친구는 집 앞 골목길에서 괴한에게 끌려갈 뻔했다. 때마침 이웃이 쓰레기를 버리러 나오지 않았더라면 무슨 일이 생겼을지 모른다. 뒤에서 친구의 입을 틀어막고, 청바지 속으로 손을 집어넣은 괴한은 유유히 도망쳤다.

다른 친구는 기숙사 앞에서 술 취한 남자에게 위협당한 적이 있다. 놀란 친구가 도망치자, 술 취한 남자가 괴성을 지르며 좇아왔다. 경찰을 부르겠다는 친구에게 그 남자는 '신고해봤자, 벌금도 안 나와.'라며 비웃었단다. 마치 여러 번 경험했다는 듯.

짧은 지면에 담을 수 없는 이야기가 너무 많다. 너무 끔찍해서 가볍게 다룰 수 없는 이야기도 많다. 놀이터에서, 길거리에서, 학교에서, 집에서. 낯선 사람에게, 친한 선배에게, 학교 선생님에게, 가족에게, 연인에게. 수많은 여성이 반복해서 비슷한 일을 당하는데 달라지는 건 없다.

"혼자 사는 여자 집에 몰래 침입한 남자에게 집행유예를…" "2살 의붓여동생을 19세 소년에게 7년 형을…" "친딸을 강간한 아버지가 6년 형을…" "여학생을 강간하고 추락시켜 사망케 한 대학생, 살인죄는 적용되지 않아…"

복장 터지는 뉴스를 볼 때마다 법원이 성범죄를 방조하는 듯한 인상을 받는다. 세상의 모든 남자가 성범죄를 저지르지는 않지만, 세상의 모든 여자는 성범죄 피해 경험이 있다. 그 중 몇은 돌이킬 수 없는 상처를 입고, 다른 몇은 살해 당한다. 지금 이 순간에도.

이건 여성만의 문제가 아니라, 우리 사회의 문제다. 하지만 그걸 인정하지 않는 사람들도 있다.

"남자를 잠재적 성범죄자 취급하지 마라. 우리나라 치안이 세계 최고인데 유난 떠네."

어떤 기준으로 최고인지는 모르겠지만, 우리나라 치안은 좋은 편인 게 맞다. 시민 의식 또한 높다. 길거리에서 총 맞을 일도 없고, 늦은 밤 혼자 택시를 탈 수도 있다. 하지만, 그렇다고 여성 대상 범죄가 어디론가 사라지진 않는다.

어리든, 젊든, 중년이든, 노년이든, 강남 아파트에 살든, 소도시 원룸에 살든 단지 여성이라는 이유만으로 희생자가 된다. 운 좋게 별 탈 없이 지내다가도, 운 나쁜 어느 순간 인생을 송두리째 짓밟힐 수 있다.

"남자들은 다 안전한 줄 알아? 꽃뱀한테 당한 남자도 얼마나 많은데?"

남성의 안전 문제와 남성 대상 범죄는 따로 논의되어야 하지 않을까? 너희만 힘드냐, 우리도 힘들다 따지는 것은 모두에게 도움 되지 않는다. 성별을 떠나서 범죄자는 합당한 처벌을 받아야 한다고 생각한다.

한국 형사·법무 정책 연구원이 2020년 아동·청소년 대상 성범죄를 분석한 결과 성범죄자의 98.1%가 남성이었다. 피해자의 평균 연령은 14.0세에 불과했다.

디지털 성범죄의 가해자 역시 94%가 남성이다.* 남성이 피해자인 디지털 성범죄에서도 가해자의 절대다수는 남성이었다. 범죄를 저지르는 극소수의 남성들 때문에 여성과 남성 모두가 피해를 보고 있다는 뜻이다.

성범죄가 왜 젠더 갈등으로 번지는지 모르겠다. 피해자를 위로하고, 가해자를 처벌하면서 안전한 세상을 만들면 그만

---

* 한국여성인권진흥원, <디지털 성범죄 피해자 지원 보고서>(2021)

이다. 누구든 타인에게 신체의 자유를 침해당해선 안 된다. 간단한 이치를 놓고 다퉈야 하는 현실이 씁쓸하다.

하지만 세상에 파렴치한 범죄자와 피해자다움을 요구하는 2차 가해자, 조롱을 일삼는 방관자만 있는 건 아니다. 9살 소녀를 납치하려던 남자를 쫓아간 시민. 흉기를 든 괴한에게 쫓기는 여성을 보호한 카센터 직원. 불법 촬영을 일삼는 범죄자를 경찰에 넘기는 유튜버 모두 남성이었었다.

'해야 할 일을 했을 뿐.'이라는 그들의 인터뷰를 들으며 서로를 마땅히 지켜 줄 수 있는 공동체를 꿈꿔 본다.

여성이란 이유만으로 희롱당했나요?

남성이란 이유만으로 의심받았나요?

당신도 알고 있겠지만,

당신은 아무 잘못 없어요.

어디에서든 안전하고 자유롭길 빌어요.

그 책
3줄 요약해 주세요

야자수 그늘 아래서 책을 읽는 휴가가 내겐 최고의 휴가다. 오후 햇살을 등지고 읽는 책도 환상이다. 헬리콥터로 책만 넣어 준다면 세계에서 가장 외로운 등대로 불리는 아이슬란드 쓰리드랑가비티Þrídrangaviti의 등대지기도 될 수 있을 것 같다.

하루 종일 책을 읽어도 일하는 것처럼 보이는 직업이라니. 책을 펼칠 때마다 직업 만족도가 하늘을 찌른다.

책을 읽는 사람이 점점 줄어드는 것 같아서 속상하다. 무슨 조사를 언급할 필요도 없다. 이북과 오디오북을 포함해 1년에 책을 한 권도 안 읽는 사람이 수두룩하다.

책을 못 읽는 사정도 이해한다. 출퇴근 지하철에서 한 권의 책은 어깨를 짓누르는 쇳덩이가 된다. '오늘은 한 페이지도 못 읽었네. 주말에 반납해야 하는데…….' 펼치지 못한 책은 고스란히 마음의 짐으로 남는다.

'아무것도 하기 싫어. 누가 나 좀 재미있게 해 줬으면.' 그럴 땐 나도 유튜브나 넷플릭스를 켠다. 불도 켜지 않은 방에서 스마트폰으로 웹툰을 본다. 자기 계발이고, 마음의 양식이고 그냥 쉬고 싶을 뿐이다.

세상엔 책보다 재미있는 게 너무 많다. 멀티미디어 콘텐츠는 인공 지능 컴퓨터까지 동원해 우리의 시선을 잡아끈다. 책은 10년 전이나 1,000년 전이나 비슷비슷하다. 직접 문자를 읽고, 해석하고, 상상해야 한다. 피로할 땐 그 모든 과정이 부담스럽다.

책을 읽고 싶지만, 도저히 못 읽겠다는 사람도 늘고 있다. 낯선 어휘, 길고 복잡한 문장, 느려 터진 전개. 영화나 드라마도 1.5배속으로 돌려 보는 사람에게 책은 집중력 시험과 비슷할지 모른다.

책은커녕 긴 문장도 읽기 어렵다. 길고 빽빽한 문장 아래엔 "3줄 요약 좀 해 주세요."라는 댓글이 달린다. 글쓴이가 본문 아래 3줄 요약을 첨부하기도 한다. 사람들이 대충 넘겨 가며 본다는 걸 알기 때문이다.

인터넷 서핑할 땐 나도 마찬가지다. 약간만 지루해도 스킵

한다. 중요하지 않거나, 불필요한 정보도 스킵, 스킵. '이 부분은 기억해 두고 싶은데.' 미처 생각이 끝나기도 전에 손가락이 화면을 쓸어내린다.

과거엔 특정 계층만 문자를 읽고 쓸 수 있었다. 책은 특권이자 권력이었다. 책의 역사는 길지만, 대중이 책을 즐긴 역사는 짧다. 책을 읽지 않으면 책을 읽을 수 없는 뇌로 퇴화한다는 말도 있다. 미국의 신경 심리학자 메리언 울프Maryanne Wolf는 『책 읽는 뇌』에서 이렇게 말했다.

"인류는 책을 읽도록 태어나지 않았다. 독서는 뇌가 새로운 것을 배워 스스로를 재편성하는 과정에서 탄생한, 인류의 기적적 발명이다."

기적적 발명까지는 잘 모르겠지만, 독서의 장점은 대부분 인정한다. 예전엔 부모님도, 학교 선생님도, 공부 좀 한다는 친구들도 독서를 권했다. '작년엔 책을 너무 못 읽었네? 올해엔 더 읽어야지.' 다이어트, 영어 공부와 함께 독서를 새해 목표로 삼는 사람도 많았다. 그런데 요즘은 다른 분위기가 감지된다.

"먹고 살기도 바쁜데 책을 언제 읽어?"

"책이나 읽으면서 빈둥거리는 인간이 낫냐, 책은 안 읽지만 한 푼이라도 버는 인간이 낫냐?"

"주식이나 부동산 투자 책은 인정. 소설은 시간 낭비."

독서 때문에 봉변당한 적이라도 있는 걸까? 책 읽고 잘난 척하는 인간한테 돈이라도 떼먹힌 걸까? 독서 자체를 비아냥거리거나, 적대시하는 사람을 보면 어깨가 축 늘어진다. 한 명씩 붙들고 사정하고 싶을 때도 있다.

"친해지기 어려워서 그렇지, 우리 애가 진짜 괜찮은 애거든요? 눈 딱 감고 한 번만 만나 보세요!"

대놓고 홍보를 시작했으니 독서의 장점을 읊어보겠다. 일단 책을 읽으면 유튜브 쇼츠를 볼 때보다 스스로가 자랑스럽다. 자기 계발에 게으르지 않은 현대인이 된 것 같아서 으쓱해지기도 한다.

수려한 문장을 읽으면 북어처럼 말라비틀어진 감성이 갓 잡아 올린 참돔처럼 촉촉 탱탱해진다. 알찬 정보는 또 얼마나 많은지. 대부분 잊히지만, 그럼 또 어떤가?

좋은 책은 호기심을 불러들이고 공감을 일으킨다. 자신을 돌아보고 세상에 질문하게 만든다. '이건 왜 이럴까? 이게 과연 옳은 걸까? 더 나은 방향은 없을까?' 부조리함을 깨닫고 견고한 줄 알았던 사회의 빈틈을 발견하기도 한다.

과거의 여자들은 질문조차 할 수 없었다. 아버지와 남편의 뜻을 받들기만 했다. 존경받는 어머니, 사랑받는 아내가 되려면 토 달지 말고, 말대꾸해서도 안 됐다.

똑똑한 여자, 공부한 여자, 책 읽는 여자는 미풍양속을 해치는 위험한 존재로 낙인찍혔다. '많이 배운 여자는 골치 아프다.'라는 편견은 지금도 사라지지 않았다.

아랫것들이 똑똑해지길 바라지 않는 사대부들은 여전히 존재한다. 의심하지 않고, 따져 묻지 않는 대중이란 얼마나 다루기 편할까? 독서율이 뚝뚝 떨어질수록 권력자들은 환하게 미소 지을 것이다.

"책을 읽고 싶은데 어떻게 시작해야 할지 모르겠어요."라는 사람도 있다. 그래서 준비했다. 독서에 취미 붙이는 법!

첫 번째. 최대한 쉬운 책을 고를 것

『죽음의 한 연구』, 『창백한 푸른 점』, 『유리알 유희』, 『짜라투스트라는 이렇게 말했다』. 다 좋은 책이지만 잘 안 읽힌다. 어려운 책을 고르면 독서를 포기하게 된다. '죽기 전에 읽어야 하는 고전 시리즈'는 나중으로 미루자. 읽는 훈련보다 재미를 붙이는 게 우선이다.

두 번째. 책과 가까워지기

서점, 도서관을 방문하고 두리번거리는 것부터 시작하자.

책이라는 물성에 익숙해져야 한다. 책상, 소파, 침대, 식탁 등 손이 닿는 위치에 책을 두자. 사는 것도 좋고 대여하는 것도 괜찮다. 나와 책의 거리를 줄이는 걸 목표로 삼자.

세 번째. 조금씩 읽기

하루에 10페이지 혹은 50페이지씩 정도면 충분하다. 반복하다 보면 속도가 붙는다. 나중엔 어렵고 두꺼운 책도 앉은 자리에서 뚝딱 읽을 수 있다. 나는 잘 안 읽히는 책을 읽을 때 하루 100페이지를 목표로 한다. 500페이지짜리 책도 5일이면 읽을 수 있다. 잠들기 전 10분으로 시작해도 좋다.

네 번째. 취향에 안 맞으면 때려치우기

재미없는 책을 끝까지 붙들 필요 없다. 남들이 추천해도 내가 못 읽겠으면 관두자. 독서가 스트레스가 되면 취미를 붙이기 힘들다. 조금만 읽고 덮어도 되고, 반만 읽고 덮어도 된다. 책 표지만 감상하거나 서문만 훑어도 된다. 어딘가에 숨어 있을 내 취향을 찾아 보자.

다섯 번째. 책을 깊이 즐기기

취향에 딱 맞는 책을 발견했다면 그 작가의 다른 작품도 찾아보자. 나는 좋아하는 작가의 독서 목록도 찾아보는 편이다. 필사도 책을 즐기는 훌륭한 방법이다. 책 모서리를 접거나, 밑줄을 치거나, 사진을 찍는 것도 좋다.

어떤 책이든 3줄 요약할 수 있다. 하지만 3줄 요약도 읽고 써 본 사람이나 할 수 있는 거다. 3줄 요약을 요구하는 사람이 될 것인가. 3줄 요약쯤은 너끈히 해내는 사람이 될 것인가. 우리는 후자일 거다. 이 순간에도 읽고 쓰고 있으니까.

더 많은 사람이

읽고, 성찰하고, 질문했으면 좋겠어요.

책은 아주 좁은 곳에서

무한히 펼쳐진 세계로 나아갈 수 있는

가장 값싼 티켓입니다.

당신은 아주 잘 알고 있겠지만요.

소비 천사님은 빠져 주세요

"쇼핑 좋아하시나요? 저는 좋아합니다."

나는 올리브영, 다이소, 아트박스, 교보문고는 물론 식자재 마트나 편의점도 그냥 지나치지 못한다. 가지런하게 진열된 물건을 눈에 담는 것만으로 엔돌핀이 팍팍 돈다.

인세가 들어오는 날엔 쇼핑몰 장바구니에 봉인되었던 고가의 상품을 일시불로 결제한다. 멍하니 홈쇼핑 채널을 보다가 평창 리조트 4인 숙박권을 덜컥 산 적도 있다.

기분이 울적하고 쓸쓸할 땐 책도 눈에 들어오지 않는다. 인터넷 서핑도 시시하기만 하다. 그럴 땐 밤새도록 쇼핑몰을 들락거린다. 그런 사람이 나뿐만은 아닐 거다.

"나를 위한 선물이야. 열심히 사는데 이거 하나 못 사?"

"어차피 살 거, 고민해 봤자 배송만 늦출 뿐."

"예쁘고 귀여우면 됐지, 뭘 더 바라?"

자급자족하지 않는 이상 우리는 필요한 모든 물품을 쇼핑으로 마련한다. 쇼핑은 현대인의 생존법이자, 생활 양식이다.

"세련되고 안락한 삶을 꿈꾸신다면 당장 사세요!"

"지금부터 신경 쓰지 않으면 40대 이후에 큰일 납니다!"

"언제까지 일만 하실 거예요? 나를 찾으러 떠나세요!"

미디어의 날개를 단 소비 천사는 더 자주, 더 많이 사라고 부채질한다. 내가 먹고, 걸치고, 사용하는 것들이 나를 표현하는 유일한 수단처럼 느껴지기도 한다.

근검절약하며 노후 대비하라고? 소비해야 인정받는 세상이다. 소비가 없으면 경제도 돌아가지 않는다. 우리의 쇼핑이 나라를 먹여 살리고 있는 거다. 이렇게나 좋은 쇼핑. 아무렇게나 사 재껴도 괜찮을까?

어떤 사람들은 자존감에 상처 입었을 때 쇼핑으로 이를 회복하려는 경향이 있다. 뭔가 소유하면서 손상된 감정과 공허함을 해결하는 것이다.

결핍이나 우울 때문에 쇼핑하다 보면 구매 행위 자체에 더 몰입하게 된다. 일시적인 좋은 기분 때문에 쇼핑을 놓치지 못한다. 다른 보상책을 찾아야 하는데 그게 말처럼 쉬울 리 없다.

소득보다 더 많은 돈을 쓰는 사람들이 있다. 지출을 감당하지 못해 빚을 지는 사람도 수두룩하다. 사들였던 물건이 버려지고, 버려진 물건이 개발 도상국으로 흘러가 쓰레기 산을 이룬다.

그중 효용이 다해서 폐기된 것은 얼마나 될까? 얼마나 더 많은 걸 사야 헛헛한 마음을 달랠 수 있을까? 그 쇼핑이 정말 나의 정체성을 표현하는 걸까?

티셔츠 한 장 만드는데 약 2,700L의 물이 사용된다고 한다. 전 세계 살충제의 무려 24%가 면화를 재배하기 위해 쓰인다. 하나를 사더라도 올바르게 사는 방법을 고민할 때다. 요즘 나의 소비 규칙은 이렇다.

첫째. 허전하거나 외로울 땐 쇼핑하지 않는다.

마음 빈자리는 물건으로 채울 수 없다. 홧김에 충동적으로 산 물건 중에 내게 꼭 필요한 물건은 드물다. 몇 번 거들떠보다가 집안 어딘가에 방치될 확률이 높다. 쓸모도 없고 처분하기도 힘든 물건이 쌓이면 기분이 더 우중충해진다는 걸 기억하자.

둘째. 정말 갖고 싶은 물건은 장바구니에 넣어 두고 일주일 후 다시 본다.

경건한 마음으로 쇼핑몰 장바구니를 열어 본다. 보헤미안풍 러그, 통삼겹살 2kg, 면 80수 손수건, 니치 향수, 츄파춥스 120개가 들어있다. 사탕을 먹으면 얼마나 먹는다고! 한 번 뿌리고 서랍에 처박은 향수가 벌써 몇 갠데? 국세청 직원처럼 깐깐하게 장바구니를 들여다보자. 몇 주 뒤에도 탐난다면? 망설이지 말고 질러도 좋다. 통장 잔고께서 하락하실 때만.

셋째. 소유보다 경험에 투자한다.

공돈 천만 원이 하늘에서 뚝 떨어진다고 해 보자. 누군가는 명품 가방을 장만할 테고, 누군가는 요즘 뜨는 주식에 뛰어들겠지. 나는 카리브해로 떠나는 비행기표를 예매할 거다. 소유물을 늘리는 것보다 새로운 경험을 하는 게 훨씬 더 행복하기 때문이다. 캐시미어 코트를 살 돈으로 주짓수를 배워 보면 어떨까? 가죽 공방 체험권이나 쿠킹 클래스 예약권이 나를 위한 완벽한 선물이 될 수 있다.

넷째. 타인의 욕망을 욕망하는 건 아닌지 점검한다.

사랑받고 싶고, 주목받고 싶고, 인정받고 싶은 욕망은 누구에게나 있다. 날 꾸미고 가꾸는 쇼핑도 좋은 쇼핑이다. 잊지 말아야 할 것은 소비의 중심에 온전한 내가 있어야 한다는 것이다. 남들이 열광하는 물건을, 남들의 시선을 끌기 위해서, 남들처럼 사는 것만큼 소모적인 쇼핑도 없다. 지갑도 털리고, 멘탈도 털린다.

다섯째. 한 푼도 안 쓰는 날을 기록한다.

가계부를 쓰면 좋겠지만, 제법 귀찮은 일이다. 나는 카드 사용 내역을 기록해 주는 가계부 어플을 잠깐 쓰다가 때려치웠다. 요즘엔 소비를 안 한 날을 달력에 표시해 둔다. 그것만으로 편의점이나 다이소를 기웃거리던 버릇이 사라졌다. 불필요한 소비를 줄이면 정말 써야 할 곳에 돈을 더 쓸 수 있다. 티끌 모아 봤자 티끌이라지만, 궁할 땐 티끌도 요긴하다.

아트박스에서 로봇 모양의 줄자를 발견한 적이 있다. 8,000원쯤 했던가? 줄자치고는 비싼 데다가 집에 멀쩡한 줄자가 있어서 망설이다 그냥 나왔다.

집에 와서도 그 줄자가 머릿속을 떠나지 않았다. 다시 아트박스로 되돌아가 그 비싼 줄자를 샀다. 대신 나와 약속했다. "이 줄 자를 볼 때마다 한 번씩 웃자!" 그 줄자를 15년이 지난 지금까지 쓰고 있다. 물론 아직도 줄자를 쓸 때마다 웃는다. 이 정도면 소비 천사도 인정해 주지 않을까?

공허함을 채우려면

얼마나 많은 돈이 필요할까요?

그렇게 많은 돈이 있다면

애초에 공허할 것 같지도 않은데.

오래 아껴 쓸 수 있는 물건을 사고,

오래 추억할 수 있는 경험을 사 봅시다.

오늘 쓰는 돈이 내일의 당신을 만들 테니까요.

가해자에게
너그러운 세상

휴대폰으로 뉴스를 읽던 반도가 머리를 감싸 쥐었다.

"어떤 사람이 일장기를 걸었네. 자기 아파트 베란다에."

"삼일절에 일장기를 걸었다고……?"

"항의하는 주민들한테 되레 뭐라 했대."

"와. 인터넷 주작 글이면 좋겠다."

하지만 내 바람은 이루어지지 않았다. 왜 삼일절에 일장기를 걸었느냐는 취재진의 질문에 당사자는 '일본과 협력하겠다는 대통령의 삼일절 기념사를 응원하고 싶었다.'라고 대답했다. 현직 목사라는 그는 소녀상을 철거하라며 일장기를 흔들기도 했다.

우리 대통령은 삼일절 담화에서 "세계사의 변화에 제대로 준비하지 못해 국권을 상실하고 고통받았던 우리의 과거를 되돌아봐야 한다."고 말했다. 일본은 우리와 보편적 가치를 공유하는 파트너이며, 이들과 협력하고 행보를 같이하는 것이 삼일절 정신이란 논리까지 폈다.

"일본 총리가 한 말이라고 해도 개소리 같은데?"

분노하는 내게 반도가 다른 뉴스를 보여줬다.

"요즘 그런 게 유행 같아. 가해자 감정에 동조하는 거."

한 문화 평론가가 유튜브 방송*에서 학교 폭력에 대한 견해를 밝혔다가 논란에 휩싸였다.

그는 모 경연 프로그램에서 우승 후보로 주목받던 참가자를 언급하며 '학폭에 대하여 세대별로 지닌 정서가 다르다.'라고 말했다. '거칠게 살아온 놈은 연예인 하면 안 되냐, 반성하고 재능을 발휘해서 올바르게 사는 모습을 지켜보고 싶다.'라고도 덧붙였다.

"철없을 때의 실수니까 용서해 주자는 거잖아? 왜 피해자 생각은 안 하는 걸까?"

"이런 사람들은 꼭 알려지고 나서야 참회하더라."

* 유튜브 채널 '정영진 최욱의 매불쇼' (2023. 3. 6.)

"참회라도 하면 다행이지. 피해자한테 책임을 덮어씌우는 경우도 많아. 조선이 식민 지배를 자초했다고 말하는 인간들처럼."

가해자 입장에서 목소리를 높이는 사람들이 많다. 원래 많았던 건지, 최근 늘어난 건지 모르겠다. 그들은 피해자의 행실을 꼬투리 잡으며 피해자 자격을 심사한다.

'늦은 시간에 돌아다니니까 험한 일을 당하는 거야!', '맞을 짓을 하니까 때렸겠지.', '누가 그런 인간과 어울리래?'

그 질타가 비윤리적이라는 걸 아무도 지적하지 않는다. 반면 가해자에겐 한없이 너그럽다. 가해자가 권력자거나, 권력자의 자식이거나, 유명인이라면 더 그렇다.

'앞길이 구만리 같은 청년이 실수를 저지른 것뿐'이고, '죄질이 나쁘지만, 동종 전과가 없고 깊이 반성하는 점'을 잘도 참작해서 집행 유예로 풀려난다. '산 사람은 살아야지.'라는 말로 부조리를 용인한다. 가해자를 한없이 포용하는 이 관대함은 어디서 비롯된 걸까?

대형 참사가 터지면 참사보다 끔찍한 말들이 우리를 포위한다. 세월호와 이태원에서 차가운 혀를 칼처럼 휘두르는 수많은 망나니를 목격했다. 카페에서, 식당에서, 길거리에서, 인터넷 커뮤니티에서 평범한 얼굴로 나타난 그들은 피해자와 그 유족들의 상처를 헤집으며 낄낄거렸다.

'보상금 때문에 저 난리를 치는 거라며? 벌써 한몫 챙겼대!', '지겹다, 지겨워. 놀러 갔다가 죽은 게 뭐 자랑이라고.', '이미 벌어진 일을 어쩌라는 거야?'

피해자를 향한 이 기괴한 적대감은 어디서 오는 걸까? 왜 이렇게 많은 사람이 가해자에게 감정을 이입하고, 그걸로도 모자라 피해자를 공격하는데 앞장서는 걸까?

- 가해자와 자신을 동일시한다.
- 가해자의 권력을 숭앙한다.
- 가해자가 될 때를 대비한다.

머리를 쥐어짜 봤지만, 이해할 수 없는 일을 이해하려는 노력이 얼마나 덧없는지 다시금 깨달을 뿐이다.

일상을 되찾는 것은 중요하다. 하지만 사랑하는 사람들을 잃고, 감당하기 힘든 고통을 견디는 사람들에게 '산 사람은 살아야지, 그만하고 일어나.'라고 닦달할 권리는 없다. 그런 권리는 아무에게도 주어지지 않았다.

우리 민족은 전쟁도 없이 나라를 빼앗겼다. 칼을 찬 일본군이 밀어닥쳐 언니는 일본군 위안소로, 오빠는 노역장으로 끌고 갔다. 언니를 숨기려던 엄마는 맞아 죽고, 울분을 참지 못한 아빠는 형무소에서 고문당했다.

광복 후에도 친일파를 처단하지 못했다. 나라를 팔아먹은 자들이 반공의 깃발을 휘두르며 나라의 요직을 차지했다. 그 후손들은 여전히 잘 먹고 잘산다.

돈 많고 힘 있는 자들은 미꾸라지처럼 법망을 빠져나간다. 전관 출신 변호사를 앞세워 솜방망이 처벌을 받는다. 시시한 재판이 끝나면 고개를 빳빳이 들고 같은 짓을 반복한다.

반면에 정의롭고자 애썼던 사람들의 삶은 흔하게 짓밟힌다. 날조된 누명을 쓰기도 하고 가족까지 괴롭고 고달픈 인생으로 전락한다.

과거는 잊고 미래로 나아가자고? 진상이 규명되지 않았고, 책임자 처벌도 없었다. 충분히 위로하지도, 부조리를 꾸짖지도 못했다. 재발 방지 대책조차 없는데 뭘 덮어놓고 잊으란 걸까?

망각을 강요당한 사회는 더 큰 불행을 만든다. 수학여행 가는 배에 탄 학생들도, 도심에서 축제를 즐기던 젊은이들도 평범하게 하루를 살았을 뿐이다. 다시 진상 규명과 책임자 처벌, 재발 방지를 외친다. 당연해 보이는 이것들을 위해 너무 많은 이들이 피눈물을 흘린다. 원칙은 무시되고, 애도가 조롱당하며, 사회적 합의는 일방적 통보로 끝나 버린다. 어쩌면 우리는 비슷한 희생과 죽음을 더 자주 목격해야 할지도 모른다.

잊는 건 간편하다. 기억하는 건 고통스럽다. 홀가분하게 무책임해질 건지, 먹먹하게 공감할 건지는 각자의 몫이다.

우울한 이야기를 잔뜩 늘어놓긴 했지만 우리는 작은 목소리가 모여 세상의 흐름을 바꾸는 걸 여러 번 지켜봤다. 실바람에도 일렁이는 촛불을 들고 광장에 모여 봤다. 평화롭고 흥겹게 더 나은 세상을 만들어 왔다. 앞으로도 함께 갑시다. 더디더라도 한 걸음씩.

가해자가 마땅히 처벌받는

세상이 왔으면 좋겠어요.

무고한 피해자가

더는 생기지 않았으면 좋겠어요.

불가능하다면

서로의 손을 맞잡을 수 있는 따스함이

모두에게 깃들었으면 좋겠어요.

결혼은 안 해도 아이는 낳아 보라고?

나에겐 조카가 네 명 있다. 언니의 첫째 아들 연우와 둘째 딸 서우, 여동생의 첫째 아들 시환이와 둘째 딸 시아. 첫째 조카가 벌써 초등학생이니 세월 참 빠르다.

아들딸 낳아 남부럽지 않게 키우는 자매들과 달리 나는 출산 계획이 없다. 반도도 아이를 원치 않는다. 내게 비출산은 비장한 결심이 아니라 자연스러운 인식이었다.

'내겐 아이를 양육할 능력이 없구나. 체력적으로나 정신적으로.' 나는 내가 언제 행복한 사람인지 안다. 내게 가장 중요한 가치가 무엇이며, 나의 불안이 어디서 비롯되는지도 안다. 나에 대해 명확해질수록 선택은 간결해졌다.

글을 쓰지 않았다면 아이를 가졌을까? 아이를 양육하면서 좋은 글을 생산하는 작가는 많지만 나는 자신도 없고, 의지도 없다. 평생 누군가의 엄마가 아닌 나로 살고 싶다. 대단치 않아도 되고, 좀 구질구질해도 괜찮다. 나는 그렇게 실존한다.

"힘들지, 안 힘들지, 낳아 보지도 않고 어떻게 아니? 딱 하나만 가지라니까?"

엄마는 꽤 오랫동안 임신을 권했다. 엄마와 엄마의 엄마에게, 그 엄마의 엄마에게 임신과 출산은 선택의 영역이 아니었다. 봄이 오면 꽃이 피고, 가을 되면 열매 맺듯 당연한 일이었다. 예외를 허락하지 않는 의무이기도 했다.

과거의 여성들은 남자아이를 낳지 못했다는 이유로 배우자에게 버림받았다. 발언권을 상실하고 공동체에서 배제당했다. 자신에게 결격 사유가 없다는 걸 증명하려면 아이, 특히 남자아이를 낳아야만 했다.

인류 역사와 함께 임신과 출산이 여성의 삶을 뿌리째 흔든다는 사실은 간과되었다. 여성 개인의 고민과 고통은 숭고한 희생으로 대체되었다. 그러니 하소연조차 할 수 없었다. 물론 이런 이야기를 엄마에게 늘어놓지는 않았다.

"내 한 몸 건사하기도 힘든데 아이를 어떻게 가져?"

"고생은 잠깐이야. 나이 들면 자식만큼 힘이 되는 게 없어. 나중에 너 외로울까 봐 하는 말이야."

"좀 외로우면 어때. 그리고 내가 나중에 외로울지 안 외로울지 엄마가 어떻게 알아?"

"그걸 왜 몰라? 찍어 먹어 봐야 똥인지 된장인지 아니?"

"임신은 내 세계를 송두리째 바꿀 사건이야. 아이는 태어나는 순간부터 나보다 중요해질 인물이고. 그런 사람을 초대할지 말지는 내가 선택해야 하는 거 아니야?"

"하여간 말이나 못 하면. 관두자, 관둬!"

관두자고 했으면서 엄마는 '영영 안 가질 건 아니지? 정부에서 난임 시술 비용도 대 준다던데?'라며 은근히 물었다.

아빠는 옛날부터 내가 뭘 하든 참견을 안 했다. 아이를 낳으라고 권유한 적도 없다. '네 인생 네가 알아서 하겠지.' 하는 아빠의 태도가 '역시 내 인생은 내가 알아서 하는 거지.' 날 홀가분하게 했다.

하지만 아이 없는 기혼 여성을 보면 무슨 말이라도 해야 직성이 풀리는 사람들이 있다. 미혼 여성도 그들의 오지랖에서 자유롭지 못하다.

"결혼은 안 해도, 아이는 꼭 낳아 보세요. 얼마나 행복한지 몰라요."

같은 학교에서 일하던 선생님이 말했다. 그때 나는 20대 중반이었고, 미래에 대한 고민과 먹고사는 문제 때문에 우울증을 앓고 있었다.

"아이는 축복 그 자체예요. 저도 아이가 태어나기 전까지 몰랐어요."

"아, 예……."

"이 기쁨을 누리지 못하는 사람들을 보면 너무 안타까워요. 한 살이라도 어릴 때 낳는 게 좋아요. 산모가 젊고 건강해야 아이도 튼튼하거든요."

그 선생님은 정말 행복해 보였다. 나쁜 의도도 없었을 것이다. 그렇다고 무슨 말이든 해도 되는 건 아니다. 정상 가족이란 견고한 편견에 사로잡힌 사회에서 비혼 출산을 권유할 명분도 없다. 아이를 낳지 않는 여성을 안타깝게 여길 이유도 없다.

임신과 출산은 취향의 문제가 아니다. 반려 식물 키우기나 1일 1식처럼 가볍게 권할 수 없다. 자녀를 갖고 싶지만, 여건이 안 되는 사람도 많다.

'강요하는 것도 아닌데 뭐 어때?'라고 생각하는 사람이 있다면 입을 떼기 전에 상대방의 기분을 한 번 더 생각해 보길 추천한다. 듣는 사람이 불쾌하지 않을지, 혹 상처 입지 않을지 고민했으면 좋겠다. 관계에서 비롯된 수많은 문제는 하고 싶은 말을 참는 것만으로 해결된다.

오지랖이 명분을 얻으면 일이 복잡해진다. 우리나라의

2023년 2월 합계 출산율여성 1명이 평생 낳는 아이 수은 0.78명이다. 세계에서 출산율이 가장 낮은 나라에서 사는 여성은 온갖 편견과 혐오를 견뎌야 한다.

"요즘 여자들은 눈만 높고, 이기적이라니까."

"우리나라 인구가 소멸해도 괜찮다는 거야? 희생할 줄도 알아야지!"

"애도 안 낳겠다는 여자랑 결혼해 줄 남자가 어디 있어? 평생 노처녀로 썩어라!"

출산율 관련 댓글은 눈 뜨고 보기 힘들 정도로 원색적인 비난으로 가득했다. 어떤 여성 정치인은 출산보다 자신의 커리어가 더 중요하다는 여대생을 무모하다며 질타했다. 자신은 기자도 하고, 작가도 하면서 아이를 낳았다며 여대생에게 무슨 커리어를 하려는 거냐며 몰아세웠다.

생존도 힘겨운 시대 아니었나? 왜 여성은 자기 삶을 살아가겠다는 결심만으로 욕먹어야 하지? 은행을 털거나, 사기를 치거나, 무장 테러로 사회를 전복시킨 것도 아닌데?

국무조정실이 발표한 2022년 청년 삶 실태 조사에 따르면 결혼 계획이 있다고 대답한 남성은 79.8%인 반면, 여성은 69.7%였다. 자녀 출산 의향도 남성이 70.5%로 55.3%였던 여성보다 15.2% 더 많았다. 결혼과 출산을 희망하거나, 꼭 해야 한다고 생각하는 여성의 비율은 점점 낮아지고 있다.

왜 그럴까? 아이가 태어나면 남성보다 여성이 더 많은 시간을 육아와 가사 노동에 사용한다. 맞벌이라 해도 사정이 다르지 않다. 맞벌이 중인 기혼 남녀 1,284명을 대상으로 진행한 설문조사에 따르면 가사 분담 비율은 여성이 남성보다 3배 이상 많았다.*

'아이는 엄마 품에서 자라야 한다.'라거나 '모유가 아이의 두뇌를 발달시키고, 면역력을 키운다.', '가정 교육은 엄마가 책임져야지. 아빠는 돈 벌어 오잖아?' 등등 여성의 무한 책임을 요구하고, 죄책감을 부추긴다.

아이를 양육하는 여성은 주변 눈치를 살피며 '맘충'이라 매도당하지 않게 주의해야 한다. 경력 단절은 또 얼마나 간단한가. 여성이 복직하려 하면 '늙은 부모 괴롭히지 마라.', '자기 애는 자기가 키워라.'라며 힐난한다. 아이와 관련해 부득이한 일이 생겼을 때 직장에서 조퇴하거나 휴직하는 사람은 대개 엄마다.

출산율을 높이는 방법은 생각보다 간단하다. 여성들이 자신의 삶을 건강하게 유지하면서 아이를 키울 수 있는 사회를

* '맞벌이 부부의 가사 분담 정도' 2022. 뉴워커, 두잇서베이 조사

만드는 거다.

불안에 떨지 않고 살 수 있는 집, 일과 육아를 병행할 수 있는 사회 시스템, 아이를 안전하게 맡길 수 있는 보육 시설, 상식적인 가사 분담. 이 모든 것이 이루어진다면 출산율은 알아서 올라갈 것이다.

너무 이상적이라고? 그래서 수백조 원을 투입하고도 우리나라 출산율이 뚝뚝 떨어지나 보다. 여성의 안녕을 보장하지 못하는 사회에서 여성의 일방적인 희생만을 요구하고 있으니, 문제가 안 생기는 게 더 이상하지 않을까?

이제는 엄마도 아이 이야기를 꺼내지 않는다. 대신 '너희만 행복하면 돼. 지금처럼 오순도순 행복하게 살아.'라고 하신다. 딸이 이대로 행복하다는 걸, 앞으로도 괜찮으리란 걸 인정하고 받아들인 것 같다.

우리는 인류 역사상 처음으로 결혼과 출산을 선택할 수 있는 세대다. 치열하게 고민하고, 담대하게 선택하길. 한 떨기 민들레 말고, 광야를 달리는 야생마처럼.

아이를 원하는 부부에게

건강한 아이가 찾아가면 좋겠어요.

아이 없이도 행복한 부부가

많아졌으면 좋겠어요.

결혼 없이 태어난 아이도 축복받고,

출산하지 않는 여성의 삶도 존중받는다면

지금보다 훨씬 행복한 사회가 될 거예요.

당신에게
쓰는 삶을 권하고 싶어요

"너, 나중에 글 좀 쓰겠다."

중학교 국어 선생님께서 내게 해주신 말이다. 선생님은 내가 작가가 될 줄 어떻게 아셨을까? 어떤 사람이 글을 쓰게 될까? 쓸 사람은 결국 쓰게 된다는데 자기가 쓸 사람인지, 안 쓸 사람인지 어떻게 알지?

내 경우에는 창작욕보다, 작가가 되고 싶다는 명예욕이 훨씬 더 강렬했다. 과장을 약간 보태자면 '나는 작가가 될 수밖에 없는 사람이구나!'라는 계시가 정수리에 팍 꽂힌 순간이 있었다.

내가 졸업한 서울여자대학교엔 '바롬 교육'이란 독특한 프로그램이 있었다. 긍정적이고 진취적인 여성 지도자를 양성한다는 명목이었는데, 하여간 내가 3학년일 때는 2주간 합숙

하며 그룹별로 밥을 지어 먹어야 했다.

낯선 타과생들과 한집에서 생활하는 것도 부담스러운데 요리까지 해야 하다니! 김치랑 깍두기를 담근다고? 이게 신부 수업이 아니면 뭐냐? 이를 부득부득 갈며 입소했던 기억이 난다.

끼니를 챙겨 먹는 건 생각보다 간단했다. 정해진 식단은 있지만, 식재료를 지지든 볶든 끓이든 자유였다. 조개 된장국이 봉골레 파스타가 되거나, 닭곰탕이 매운 닭볶음탕이 되는 식이었다. 요리가 싫으면 청소나 설거지 당번을 맡으면 그만이었다.

학기 수업을 소화하며 합숙 교육까지 추가로 받는 건 고단했다. 그래도 새로 사귄 친구들과 공연 준비도 하고, 특강도 듣고, 자원 봉사도 하면서 의미 있는 시간을 보냈다.

하루는 진로 상담이 있었다. MBTI 검사의 조상 격이라 할 수 있는 히포크라테스 기질 테스트를 하고, 상담사와 미래에 관해 대화를 나누었다. 대학 3학년쯤 되면 누구도 꿈이 뭐냐고 묻지 않는다. '어느 회사에 취직할 거냐?'는 질문의 기출 변형이라면 몰라도.

"당신은 무엇을 할 때 가장 행복하고 충만한가요?"

"당신의 재능과 잠재력을 발휘할 수 있는 일인가요?"

"미래의 당신이 어떤 모습이길 바라나요?"

나는 서양화과에서 매 학기 장학금을 놓치지 않을 만큼 좋은 성적을 유지했다. 미대 학생회 활동도 했다. 하지만 그림 그릴 때 가장 행복하냐고 물으면 입을 다물 수밖에 없었다. 화가, 디자이너, 미술관 큐레이터가 된 나를 상상하긴 어려웠다. 왜 그랬을까?

"책을 읽고 뭔가를 끼적일 때가 제일 즐거워요. 미래의 나도 글을 쓰는 사람이었으면 해요. 뭘 쓸지는 모르겠지만, 작가가 되고 싶어요."

그때 머릿속에서 시작을 알리는 총소리가 탕! 울려 퍼졌다. 희뿌옇기만 하던 내일이 렌즈 초점을 맞춘 것처럼 한층 또렷해졌다.

어린 시절엔 내 방이 따로 없었다. 우리 사 남매는 잘 때도 놀 때도 한데 뒤엉켜 있었다. 늦은 밤이면 이불을 뒤집어쓰고 자물쇠가 달린 양장본 노트를 펼쳤다. 이불 속에서 꼬물꼬물 이야기를 지을 때만 나는 혼자가 될 수 있었다.

어설프고 삐뚤어진 세계였지만 누구에게도 부정당하지 않았다. 어떤 훼방도 받지 않았다. 노트와 연필만 있으면 언제 어디서든 나만의 통로로 도망칠 수 있었다.

그게 무슨 의미였냐고? 글쎄. 책 좋아하고 툭하면 울음을 터뜨리는 여자애에겐 본능 아니었을까. 햇빛이 쏟아지는 들판에 만족하지 못하고 기어이 자신만의 땅굴을 파는 사람이 있으니까.

하지만 쓰는 사람이 모두 작가가 되는 건 아니다. 신춘문예나 문학상으로 등단하길 바란다면 더 골치 아파진다. 나도 '이래도 되나? 이게 맞는 건가?' 싶을 만큼 긴 시간을 등단에 쏟아부었다.

내겐 등단이 달리기 결승선의 테이프 같았다. 수백 명이 같이 달리지만, 오직 1등만 끊을 수 있는 결승선 테이프.

승리의 쾌감은 짧다. 테이프를 끊는 순간 일직선이던 길이 구불구불 휘어진다. 눈 씻고 찾아봐도 꽃길은 없다. 한발 먼저 떠난 사람들이 자취 없이 사라지기도 한다. 나도 무릎에서 피를 철철 흘리고 나서야 깨달았다. 결승선은 존재하지 않는다는 걸. 읽고, 쓰는 하루가 반복될 뿐이라는 걸.

등단하지 않아도 쓰는 삶을 살 수 있다. SF, 스릴러, 웹소설, 시, 에세이, 뭐든 좋다. 자신만의 이야기가 있다면 글로 표현하는 연습을 해 보자. 거창한 목표는 없어도 된다. 일기도 좋은 시작이다.

사실 글이란 놀랍도록 훌륭한 취미다. 작가라서 하는 말이 아니다. 장점이 너무 많아서 일일이 열거하기도 힘들다. 그래도 몇 가지 뽑아 보자면 이렇다.

첫째. 도파민 중독에서 벗어날 수 있다.

멀티미디어는 끊임없이 감각을 자극한다. 도파민이 쾌락을 가져다주지만, 내성이 생기기 쉽다. 도파민에 중독되면 더 강렬한 자극을 찾아 헤매게 된다. 웬만한 자극에 만족하지 못하고 금방 무기력해진다. 멀티미디어 콘텐츠에서 벗어나 글을 쓰는 것만으로 휴식을 취할 수 있다.

둘째. 시간을 나만의 방식으로 스크랩할 수 있다.

'벌써 11월이라고? 아무것도 못 하고 시간만 흘렀어!' '열심히 산 것 같은데 기억에 남는 일이 없네.' 이럴 때 우리는 공허함을 느낀다. 사는 게 재미없고 처량하기까지 하다.

글은 휘발되어 버리는 일상을 가장 나다운 방식으로 잡아둘 수 있다. 가슴 아픈 이별도, 간 떨어질 뻔한 사건도 글감이 된다. 일상을 포착하고 글로 옮기다 보면 지루할 틈이 없다. 호기심도 생기고 통찰력도 는다. 무엇보다 시간 낭비했다는 허탈함이 없다.

셋째. 아무것도 파괴하지 않는다.

수백만 원짜리 비행기표를 끊거나, 조악한 미니 버스를 타고 비포장도로를 달릴 필요가 없다. 노트북 한 대와 약간의 전력 소모로 충분하다. 노트와 펜은 더할 나위 없이 완벽한 도구다.

글쓰기는 자연을 훼손하지 않는다. 누군가를 착취하지도 않는다. 묵묵히 자신을 마주하고 세상을 둘러볼 뿐이다. 낚시, 골프, 캠핑도 좋지만, 가장 친환경적인 취미는 글쓰기 아닐까?

막상 쓰자니 이런 생각 저런 생각에 취미는커녕 더 괴로울지도 모른다. 첫 문장은 뭐로 하나, 마무리는 어쩌나, 이게 재미가 있나, 누가 흉보면 어쩌나……. 복잡하게 생각하지 말고 그냥 한번 써 보자. 어린아이가 스케치북에 북북 낙서하듯 그냥 과감하게 감정을 텍스트로 옮겨 보자. 화장실 갔다 온 듯 시원해질 것이다.

취미로 그치지 않고 작가가 되고 싶다면? 일단 메모부터 시작하길 추천한다. 짧은 메모가 커다란 글감이 된다. 작가가 뭐 별 건가. 내가 쓰고 누군가 읽어 주면 작가지.

읽고 쓰고 생각하는 것만으로
풍요로워질 수 있어요.
무엇도 훼손하지 않는
평화로운 삶을 권하고 싶어요.
읽는 사람은 언제든
쓰는 사람이 될 수 있으니까요.

나란 인간은
하찮지만

"어디가 불편하세요?"

의사의 질문이 떨어지자마자 나는 빠르게 증상을 설명했다.

"기침이 심해서 한숨도 못 잤어요. 목도 너무 아프고, 콧물도 계속 나와요. 두통도 있고요. 어젯밤엔 가래가……."

"좀 봅시다."

의사가 내 말을 끊고, 콧구멍에 의료 기구를 쑤셔 넣었다. 기계적이고 무성의한 몸짓이었다.

"기침약 지어드릴게요. 삼 일 후에 다시 오세요."

2분 남짓의 진료를 받기 위해 40분을 기다렸다. 대단한 친절을 바란 건 아니지만, 증상은 끝까지 들어봐야 하는 것 아닌가? 각종 항생제와 알러지 약, 콧물약, 기침약, 위장약 등등을 품에 안고 돌아오는 내내 부루퉁했다.

약은 아무 효과도 없었다. 온종일 코를 푸느라 손수건을 서너 장씩 썼다. 온몸이 어질어질하고 뜨끈거리는 데 체온계를 들이대면 열은 없었다. 코로나 간이 검사도 음성이었다.

"푹 쉬면 나을 거야. 감기는 약으로 고치는 병이 아니라잖아."

작업은 포기하고 침대에서 책을 읽었다. 최성태 작가의 《일생일문》, 돈 드릴로의 《화이트 노이즈》, 김초엽 작가의 《책과 우연들》, 고수리 작가의 《우리는 달빛에도 걸을 수 있다》, 《2022년 이효석문학상 수상집》, 신간 미스터리와 호러 소설집까지 읽어 치웠다.

읽긴 했지만 뭘 얼마나 읽었겠는가. 허리가 절로 구부러지는 기침을 해 대느라 정신없었는데. 이게 정말 감기야? 폐렴이면 어쩌지? 의심스러울 무렵 3일 치 약이 떨어졌다.

퀭한 얼굴로 다시 길을 나섰다. 집에서 가장 가까운 내과에 도착한 순간 눈앞이 아찔했다. 다이어트 약물, 지방 제거 시술, 미용 레이저 광고가 병원 곳곳에 가득했다. 복도엔 세련된 관리실이 늘어서 있었다.

"감기가 심해서 왔어요." 내 첫마디에 의사의 눈에서 총기가 사라졌다. '다이어트약 처방받으러 온 거 아니었어? 피부 관리도 받아야 할 것 같은데?'라고 묻고 싶을 걸 억지로 참는 기색이었다. 내가 마지막 질문을 던지지 않았다면 그는 끝까지 심드렁했을 것이다.

"수액을 맞으면 증상이 좀 나아질까요?"

"그럼요! 한결 가뿐하실 거예요. 실비 보험은 있으시죠?"

나는 순순히 고함량 비타민과 마늘 성분이 들어갔다는 수액을 맞았다. "돈값은 하려나? 감기만 나으면 그깟 8만 원이 대수겠냐만, 바가지 쓴 거 아냐?"

열흘째 글을 못 썼다. 여행을 간 것도 아니고, 푹 쉰 것도 아닌데 시간만 홀랑 날려 먹다니. 억울하고 아까워서 눈물이 찔끔 나왔다.

건강한 몸과 강한 체력은 무엇과도 바꿀 수 없는 재능이다. 하지만 그 재능을 타고난 사람은 드물다. 우리 사 남매만 봐도 그렇다.

엄마는 주치의와 헬스 트레이너 모두가 인정한 근육질 건강체다. 환갑이 넘도록 161cm 키에, 체중 52kg을 유지 중이다. 반면 아빠는 정기적으로 대학 병원을 순회한다. 매번 묵직한 약 보따리를 지고 오는데도 온갖 잔병에 시달린다.

첫째인 언니가 엄마의 강철 체력을 일부 물려받았다. 나머지 셋은 엄마 유전자의 특혜를 받지 못했다. 나랑 막내 남동생은 툭하면 병원 신세를 진다. 셋째 여동생도 골골거리는 데 둘째가라면 서럽다.

'김은희 작가는 하루 평균 17시간을 쓴다는데, 난 김은희도 못 되는 게 왜 5시간밖에 못 쓰는가? 운동도 매일 하고, 영양제도 꼬박꼬박 챙겨 먹는데!' 한숨을 푹푹 쉬며 이모가 만들어 준 생강 청을 입안에 털어 넣었다.

수액을 맞았으니 조금 나아질 줄 알았지만, 나아지긴 개뿔. 그날 밤도 나는 갈비뼈가 탈구될 듯한 기침에 시달렸다. 구역질을 하고 나면 천장이 노랬다. 소변 색깔도 노랬다. 그뿐이었다.

그날 저녁 몇 달 동안 준비했던 신작 웹소설이 플랫폼 심사에서 탈락했다는 메일을 받았다. 6월에 계획했던 프로젝트도 엎어졌다. 질 나쁘고 불량한 것들은 떼로 몰려다니는 걸까.

몸이 아프면 마음도 약해지기 마련이다. 마음이 우중충하면 몸이 으쌰으쌰 끌어 주고, 몸이 비실거릴 땐 마음이 토닥토닥해 주면 좋겠는데. 멀쩡하지 않은 몸이 마음을 더 어둡고 척박한 곳으로 끌어당긴다. 젖 먹던 힘까지 쥐어짜야 겨우 빠져나올 수 있는 구덩이로.

마늘 주사는 안 통한다. 항생제도 소용없다. 마음이 병들지 않도록, 무슨 짓이든 해야 했다. 허겁지겁 노트앱을 켜고 날 위한 말을 적었다.

넌 열심히 살았어. 매 순간 최선을 다했고. 결과가 그렇게 나온 건 네 탓이 아니야. 네가 결정할 수 있는 문제도 아니니까 훌훌 털어 버려. 기회가 완전히 사라진 것도 아니잖아? 지금껏 이뤄 온 게 어디로 가 버린 것도 아니고.

항상 좋은 일만 생길 순 없어. 잠깐 정비하는 시간을 가지자. 안 되면 다른 방향을 찾아보지 뭐. 새로운 도전이 널 성장시킬 거야. 더 잘 풀리려고 잠깐의 시련이 있는 거야.

쓰고 나니 기분이 가뿐해졌다. 가슴 한구석은 여전히 쓰라렸지만, 붕대를 칭칭 동여매고 앓아누울 정도는 아니었다. 예전엔 심사에서 떨어지면 몇 주씩 눈물 바람이었는데 나도 좀 성장한 걸까?

이튿날 내가 사는 도시 전체에서 가장 용하다는 이비인후과를 검색했다. 집에서 멀고, 주차도 어렵고, 평일 낮에도 대기 인파로 북적거린다고 했으나 가릴 처지가 아니었다.

내시경으로 내 목과 코 상태를 점검하던 의사가 청진기를 꺼냈을 때 감격하고 말았다. 와, 청진기다! 청진기를 가슴에 대 보는 의사가 나타났다!

"숨소리는 괜찮으세요. 콧물 제거도 했고요. 축농증이 있는 것 같은데 코 엑스레이를 찍어 볼까요?"

네, 뭐든 시켜만 주십시오. 대기시간이 또 늘어났지만, 제대로 치료받는다는 생각에 지루한 줄도 몰랐다.

"축농증은 아니고, 심한 비염이네요. 계속 기침을 하신 것도 비염 때문이었고요. 기구를 더 깊이 넣어서 콧물 제거를 할 테니까 불편해도 조금 참으세요."

의료 기구가 콧구멍을 통과해 안구를 찌르는 듯한 통증이 이어졌다. 그래도 좋았다. 드디어 내 병명을 알게 되었다. 그에 맞는 약도 처방받았다. 소염 진통제 주사를 맞고, 생리 식염수로 코 청소를 하다 보니 병세가 눈에 띄게 호전됐다.

'와. 이렇게 간단히 나을 수 있는 거였어?' 다시 한번 나란 인간의 하찮음을 실감했다. 하찮아서 금방 쓰러지고, 하찮아서 쉽게 나아지는 걸 수도 있다. '이까짓 감기'가 알려 준, 결코 하찮지 않은 사실이다.

몸을 치료하려면 전문성을 갖춘 의사에게 진료를 받아야 한다. 정확한 진단으로 병명부터 알아야 하고, 약도 꾸준히 챙겨 먹어야 한다. 마음이 아플 땐 어떻게 해야 할까? 스스로 돕는 방법은 간단하다. 흔하지만 효과가 증명된 몇 마디를 놓고 간다.

"뭐, 그럴 수도 있지."

"오히려 좋아."

"아주 잘했어. 더 이상 뭘 어떻게 잘해?"

"더 좋은 기회가 기다리고 있을 거야."

"걱정 마. 다 잘될 거니까."

"난 그냥 잘되는 사람이니까."

너무 뻔하고 시시하다고? 그 뻔하고 시시한 거, 한번 시도해 보자.

"바람은 바꿀 수 없으나, 돛의 방향은 바꿀 수 있다."라는 말이 있다. 바람을 읽고 돛의 방향을 조정하자. 의심 없이 바다로 뛰어들자. 그 순간 바람은 내 편이다. 나를 더 빨리, 더 멋진 곳으로 데려다줄 거라고 믿는다면 말이다.

몸이 약할지라도

당신의 마음은 강해질 수 있어요.

더 밝고, 건강하고, 긍정적인 당신을 꿈꿔 보세요.

그리고 매일 말해 주세요.

잘하고 있다고, 어차피 잘될 거라고.

친절한 사람이
제일 강하다

산책하다 보면 여러 사람을 스친다. 누군가에게 말을 거는 일은 없다. 하지만 산책로 한가운데 떨어진 빼빼로 상자를 발견했다면 사정이 달라진다. 빼빼로 주인이 제 몸집보다 커다란 책가방을 멘 여자아이라면 더 그렇다.

"저기요. 과자 상자 떨어뜨리셨어요."

자신에게 하는 말인지 몰랐을까? 아이는 돌아보지 않는다. 중력을 거스르듯 통통 튀는 아이의 발걸음을 겨우 따라잡았다. 아이는 바닥에 쪼그리고 앉아 손에 들고 있던 편의점 봉투를 뒤적였다. 뒤늦게 뭔가 허전했던 모양이다.

"이게 찾는 물건 맞아요?"

내가 내민 빼빼로를 신중한 눈빛으로 살피던 아이가 경계하듯 이맛살을 구겼다. '그걸 왜 그쪽이 갖고 있죠?' 따져 묻고 싶은 기색이다.

“산책로에서 주웠어요. 잘 챙겨가세요.”

고맙단 인사는 없었다. 낯선 어른이 다가와서 놀랐을지도 모른다. ‘잃어버렸으면 낙담했을 텐데. 다행이다.’ 가슴을 쓸어내리며 걸음을 돌렸다.

집으로 가는 길에 쓰러진 킥보드를 발견했다. 오늘은 분실물 습득의 날인가? 킥보드 옆엔 장바구니도 널브러져 있었다. 장바구니 밖으로 삐쭉 튀어나온 게맛살과 요구르트. 서둘러 주변을 살폈다. 서너 살 정도의 아이를 껴안은 여성이 바삐 걸음을 옮기고 있었다.

짧고 검은 머리칼에 자그마한 체구를 가진 외국인이었다. 내가 장바구니와 킥보드를 건네자 그녀는 한발 늦게 눈꺼풀을 깜빡였다. ‘아, 이런 것도 있었지. 그래서 뭐?’라는 표정이었다.

“혹시 도움이 필요하세요?”

그녀는 내 말을 알아듣지 못하거나, 해석할 여력이 없어 보였다. 노점에 장바구니와 킥보드를 맡기고 어디론가 뛰기 시작했다. 나와 달리 노점상 주인은 아이를 눈여겨봤다.

“아이 얼굴에서 피가 나던데. 어떡하려나 모르겠네.”

왜 119에 전화하지 않았지? 어디로 가는 걸까? 내가 병원까지 데려다줄 수 있었는데. 하지만 그녀와 아이는 시야에서 사라진 뒤였다. 집으로 돌아와서도 그 장면이 머리를 떠나지 않았다. 가슴 한구석이 한동안 묵직했다.

나도 낯선 사람에게 도움받은 적이 있다. 얼어붙은 길에서 엉덩방아를 찧었을 때, 목욕탕에서 까무룩 정신을 잃었을 때, 피가 뚝뚝 떨어지는 손가락을 쥐고 전철역을 서성일 때. 이름 모를 행인이 건네준 휴지로 피를 닦고, 생판 모르는 남에게 의지해 몸을 일으켰다.

경황이 없어서 고맙다는 말도 제대로 못 했다. 나도 곤경에 빠진 누군가를 만나면 손을 내밀리라 혼자 다짐할 뿐이다.

아침저녁으로 산책하듯 몇몇 인터넷 커뮤니티를 둘러본다. 커뮤니티엔 유익한 정보가 많다.

고인에게 삼베 수의를 입히는 장례 문화가 조선 총독부 의례 준칙에서 비롯됐다는 것. 발리 입국 심사 대기 줄에서 셀카를 찍으면 공항 사무실로 붙들려 갈 수 있다는 것. 해달과 수달 구분법과 떡볶이에 카레 가루를 넣으면 더 맛있다는 것을 커뮤니티에서 배웠다. 판다의 일상이나, 자세 교정법, 드라마 명대사 모음은 스크랩해 두고 자주 열어 본다. 혐오나 조롱을 마주할 때도 있지만, 그런 글은 제목에서부터 뉘앙스를 풍기므로 대충 흘려보낸다.

유일하게 오프라인 행사에도 참여하는 커뮤니티가 있다. 가끔 소소한 후원금을 내고, 나눔을 하거나, 자원봉사를 다녀오기도 한다. 제일 늦게 도착해서 몇 시간 동안 자리를 차지하다가 슬쩍 빠져나오는 것도 봉사라고 쳐준다면 말이다.

사실 남을 돕는다고 생각하진 않는다. 쑥스럽고 민망하다. 구세군 냄비에 천 원짜리 지폐를 넣고, 지진 피해 주민을 위한 물품을 보내고, 안 쓰는 물건을 아름다운 가게에 기부하는 게 고작이다. 내게 주어진 시간과 체력으론 내 일상을 유지하기에도 빠듯하다.

그런데 커뮤니티를 들락이다 보면 '나도 뭔가 할 수 있지 않을까?' 하는 생각이 슬그머니 피어오른다. 손가락을 몇 번 움직이는 것만으로 할 수 있는 일이 있다.

아픈 가족을 돌보는 이에게 위로 건네기. 이직에 성공한 사람을 응원하기. 새 차를 샀거나 생일인 사람을 축하하기. 무능하고 굴욕적인 정부 정책에 함께 분노하기 등등.

나도 새 책을 내놓거나, 신작 웹소설을 런칭할 때 커뮤니티 게시판에 글을 쓴다. 웹소설이 뭔지도 모르면서 별점 5개를 눌러주는 이용자들이 많다. 야릇한 제목의 로맨스 판타지를 결제하는 사람도 있다. 그 중 죽었다가 되살아난 황후나

복수에 미친 악녀 이야기가 궁금한 이가 몇이나 될까?

사람이 많은 곳엔 탈도 많다. 후원금 사기로 고소 고발이 일어난 적이 있다. 재능 기부자의 선의를 매도하고 귀한 마음을 다치게 하는 일도 있었다. 인기투표를 부탁한 뒤 자취를 감춘 사람, 시비조로 게시판 분위기를 흐리는 사람, 맥락 없이 혐오를 일삼는 사람도 있다. 상처받고 떠나는 이들도 여럿이다. 인터넷상에서 다정하고 화기애애한 쉼터를 찾는 건 불가능한 일일지도 모른다.

인터넷뿐이랴. 악마도 울고 갈 만큼 끔찍한 뉴스가 매일 터진다. 길 가던 사람을 이유 없이 칼로 찌르고, 어린이를 학대하고, 사회 초년생의 전 재산을 훔치는 파렴치한들이 넘쳐난다. 그런 뉴스를 볼 때면 간당간당하던 인류애가 여지없이 쪼그라들지만, 따뜻한 마음씨를 가진 이들의 글에서 큰 위로를 받는다.

대단히 정의롭지 않아도 타인을 돕는 사람들이 있다. 함께 사는 삶을 꿈꾸고, 각자의 방법으로 애쓰는 사람도 있다. 아무 대가 없이 날 도와줄 사람들을 기억하는 것만으로 살아갈 힘이 생긴다.

내가 사랑하는 커뮤니티에 이런 글이 올라온 적 있다.

제목 : 부탁할 데가 없어서 그럽니다

많이 아프던 우리 막내 OO가 오늘 오후에 떠났어요

어디 부탁할 데가 없어서 부탁드립니다

좋은 데 가라고 아무 데나 좀 빌어주세요

눈물로 댓글의 마침표를 찍는 데 오랜 시간이 필요했다. 500여 개가 넘는 추모 댓글이 달렸다. 모두가 한마음으로 글쓴이의 막내가 좋은 곳으로 가길 바랐다. 글쓴이의 바람은 분명 이뤄졌을 것이다.

도시는 늘 무표정하고, 사람들은 건드리면 터질 것 같은 뭔가를 꾹 누르고 있는 것처럼 보인다. 도시에서 살아간다는 건 타인을 견디는 일일지도 모른다. 인상을 찌푸리지 않고 타인을 견디는 기술을 우리는 사회성이라 부른다.

하지만 만난 적 없어도, 우연히 스치지 않아도 사람은 사람을 도울 수 있다. 아주 잠깐 친절해지는 것만으로 충분하다.

다정한 사람이 된다는 건 혼자 살아갈 수 없는 나의 나약함에 대한 인정이다. 동시에 내가 돌려받지 않아도 되는 온기를 가진 단단하고 따스한 존재라는 인식이다. 우리는 강하다. 친절할 때 더 그렇다.

살다 보면 사람이 제일 무서울 때가 있어요.

온종일 어깨를 움츠리고

도망치는 기분이 들기도 해요.

하지만 스쳐 지나가는 사람 중에

스스럼없이 당신에게

손을 내밀어 줄 사람도 있을 거예요.

보이지 않는 곳에서

당신을 응원하는 저도 있답니다.

두려워하지 마세요.

어디든 함께 갑시다.

감사의 말

책을 마무리하며 좀 부끄러웠어요. 글 속의 나는 어찌나 긍정적이고 명랑하며, 너그럽기까지 한지. "저는 겉과 속이 다른 철면피입니다. 절대 속지 마세요!" 외치고 싶은 걸 겨우 참았어요. 고민도 많았어요. "어디까지 말해야 할까? 누군가에게 상처 주면 어쩌지?" 그래도 도전하길 잘한 것 같아요.

소설을 맺고 나면 '좀 더 나은 작가가 될 수 있겠다.'라는 용기가 생겨요. 에세이를 쓰고 나니 '좀 더 좋은 사람이 될 수 있겠다.'라는 희망이 부풀어 오르더라고요. 삶이 고통스럽다 해도 사람만이 이룰 수 있는 위대함이 있다고 믿어요. 사소한 말 한마디, 다정한 손길, 변함없는 눈빛에 위대함이 깃든다고요.

우린 다들 비슷한 고민을 끌어안고 살잖아요? 뻔한 실수를 반복하고, 엎드려 울다가, 맛있는 걸 먹고 힘내죠. 이 책이 독자님들께 떡볶이 1인분, 치킨 한 마리가 된다면 정말 기쁠 거예요. 가슴이 뻥 뚫리는 맥주 한 캔이나 달콤한 아이스크림 한 스쿱도 좋고요!

책을 엮으며 도움을 많이 받았어요. 나의 첫 번째 독자, 아이템 발굴자, 근면한 보호자 반도에게 깊은 감사를 전해요. 당신이 있기에 지금의 내가 있습니다. 흔쾌히 소재감이 되어 주고 응원해 준 가족들, 친구들, 동료들 모두 고맙습니다. 회의를 거듭하며 멋진 책을 만들어 주신 정해나 님과 부크럼 선생님들께도 감사드립니다.

그리고 이 책을 읽어주신 독자님들께 가장 큰 감사를 드려요. 조금만 기다려 주실래요? 새로운 이야기로 다시 만날 때까지.

걱정마 어차피 잘될 거니까

1판 1쇄 인쇄 2023년 09월 18일
1판 1쇄 발행 2023년 09월 25일

지 은 이 정무늬

발 행 인 정영욱
편집총괄 정해나
디 자 인 차유진
편 집 박소정

펴낸곳 (주)부크럼
전 화 070-5138-9971~3 (도서기획제작팀)
홈페이지 www.bookrum.co.kr
이메일 editor@bookrum.co.kr
인스타그램 @bookrum.official
블로그 blog.naver.com/s2mfairy
포스트 post.naver.com/s2mfairy

ISBN 979-11-6214-456-5 (03800)